Wenn die Fichte fällt – Krimi aus Unterhaching

Wenn die Fichte fällt

von
Gertraud Schubert

Alle handelnden Personen sind frei erfunden. Ähnlichkeiten mit lebenden Personen sind Zufall und keine Absicht.

Bibliografische Information der Deutschen Nationalbibliothek:

Die Deutsche Nationalbibliothek verzeichnet diese Publikation in der Deutschen Nationalbibliografie; detaillierte bibliografische Daten sind im Internet über http://dnb.dnb.de abrufbar.

© 2019 Gertraud Schubert

Herstellung und Verlag:
BoD – Books on Demand, Norderstedt

ISBN: 9783741271960

**Die Personen –
lebende sowie verstorbene**

Alle Personen sind erfunden. Es gibt sie nur in meiner Fantasie. Wenn Sie denken, Sie kennen Sie, dann nur, weil Sie schon in meinen früheren Krimis über sie gelesen haben.

Anja Gollinger, Geschäftsführerin, Buchhalterin und Mädchen für alles bei der Stiftung „Naturerbe Hachinger Bach".
Liiert mit Peter Hertlich, Mutter von Thomas.

Peter Hertlich, Ex-Polizist, Inhaber von „Hertlich – Hilfe in Haus und Garten", verdient sein Geld mit Rasenmähen, Heckenschneiden, Fenster putzen, Wohnungen sanieren …
Holt sich wirtschaftliche Ratschläge bei Miguel Sanchez. Würde Anja gerne mit Brief und Siegel heiraten, aber sie sträubt sich noch.

Thomas, 5 Jahre alt und beinahe 6, lebhaft und voller Fantasie. Seine Wutanfälle kosten nicht nur seine Eltern, sondern auch die Kindergärtnerinnen einiges an Nerven. Noch schlimmer sind seine wilden Geschichten und seine kreativen Spielideen.

Fräulein Finesse, Kindergärtnerin, die Ärger mit Thomas hat oder er bzw. Anja mit ihr.

Regine Oberschall, alte Freundin von Anja und Peter, Besitzerin des Hauses, in dem Anja, Peter und Thomas wohnen, graue Eminenz bei der Stiftung „Naturerbe Hachinger Bach".

Elfriede Jelinek, Haushälterin in der Villa Struck, schreibt nebenbei Krimis, Regines Freundin, Hermanns Feindin.

Hermann Struck, im Winter Bewohner der Villa Struck, im Sommer schlägt er sein Nachtlager am liebsten im Landschaftspark auf, braucht Bier und Schnaps als Überlebenshilfe, träumt immer noch von Australien.

Daniel Bronstein, fährt ein Auto mit Berliner Kennzeichen, hat in Unterhaching einen Auftrag auszuführen.

Ricarda, alte Bekannte von Anja und Peter, hat vor fünf Jahren die Gelegenheit beim Schopf gepackt und einen Job als Hausdame auf der Jacht von Eugenides angenommen, genauer gesagt, hat Anja den Job weggeschnappt, weil Anja zu lange überlegt hat.

Eugenides, schwimmt in Geld, aber niemand weiß, woher es kommt, mittlerweile untergetaucht oder tot. Ein Gerücht sagt, dass er der Vater von Thomas ist, zumindest denkt er das selber, denn er hat für Thomas ein Konto in der Schweiz eingerichtet.

Miguel Sanchez, ebenfalls Millionär, wurde in Band 4 ermordet, möglicherweise im Auftrag seines Konkurrenten Eugenides. Seine Seele oder sein Hirn oder was auch immer ist in das große Bild gefahren, das in Peters Arbeitszimmer hängt, was ihm die Möglichkeit gibt, weiterhin Geschäfte zu machen, bzw. auf Peters Geschäfte Einfluss zu nehmen. Immerhin steckt sein Schwarzgeld in Peters Firma..

Walburga Gerstleitner, genannt Krähenwally, Unterhachinger Original, Beschützerin der Saatkrähen vor den Attacken der Gemeinderäte und Freundin von Regine, gestorben in Band 3 am Fuß der Treppe im Landschaftspark. Ihr Geist tappt immer noch durchs Haus, und ist verantwortlich für nächtliches Treppenknarren und klappernde Türen. Ihr Tagebuch ist im Keller versteckt.

Richard Heinzeldorfer, Ex-Liebhaber von Regine, will nicht von ihr lassen und kann rabiat werden.

Eberhard Struck, Neffe von Hermann, lebt nur für seinen PC und die Kois in seinem Teich.

Kurt, genannt Körd, Liebhaber von Wally und Regine in ihren wilden jungen Jahren, angeblich nach Marokko ausgewandert.

Der Herr Nachbar, hat viele Daten gesammelt, die manche Leute nervös machen.

Armin Struck, der Tote von Band 1, der einzige Mann, den Regine wirklich geliebt hat.

Das kleine gelbe Auto: Ricarda hat es, als sie nach Griechenland verschwand, für Anja zurückgelassen.

Die Nacht war windig, fast schon stürmisch. Die Fichte vor dem Haus ächzte, Zweige schabten über die Hauswand. Um Mitternacht hörte Anja die Treppe knarren. Wally, das Hausgespenst, wanderte wieder einmal treppauf, treppab. Thomas kam ins Schlafzimmer und kroch zwischen Anja und Peter ins Bett. Er schmiegte sich an Peter und stieß im Schlaf Anja mit Füßen. Um halb fünf wachte Anja wieder auf. Thomas plapperte Unverständliches. Die Krähen krächzten.

Nach einer halben Stunde, in der sie sich nur hin und her gewälzt hatte, stand Anja auf. Sie zog warme Socken und eine Strickjacke an und ging hinunter ins Wohnzimmer. Sie öffnete die Terrassentür. Der Wind hatte nachgelassen. Warme Luft kam herein mit einem leichten Duft nach Harz und Honig. Anja ging hinaus auf die Terrasse. Die Fichte stand aufrecht wie eh und je. Kleine Ästchen und Nadeln bedeckten den Fliesenboden. Anja setzte sich auf den alten Gartenstuhl, zog die Beine an und wickelte sich fest in ihre Strickjacke.

Da saß sie nun mit Blick über die Felder zum Einkaufsparadies: Baumarkt, Elektromarkt, Biomarkt, Tankstelle und Geothermiekraftwerk. Vorne rechts der Wald, ein dunkler Streifen, davor die Lichter der Autos auf der Autobahn. Links und rechts und hinter ihr Wohnhäuser hinter hohen Thujenhecken. Krähen kreisten über dem Feld und krächzten laut. Die Jungvögel in der Fichte antworteten.

Das ist mein Leben, dachte Anja, eingezwängt, eingepfercht, ein winziges Siedlungshäuschen zwischen großen Wohnblocks, beschallt und zugedröhnt vom Verkehr. Alles was an Natur hier ist, beschränkt sich auf Feld, Fichte und Krähen. Ich hätte es auch anders haben können: auf einer Segeljacht im Mittelmeer, zwischen den Inseln kreuzen, weiße Häuser mit blauen Fensterläden, auf engen Gassen den Berg hinauf wandern, Rosmarin und Oleander, Feigen- und Zitronenbäume, zwischen den Felsen blitzt das blaue Meer hervor. Ich könnte es schon morgen anders haben, ich müsste nur das Geld nehmen, das Konto leer räumen, einen Rucksack packen und losziehen. Warum tu ich es nicht? Warum habe ich es vor fünf Jahren nicht getan?

Eine Amsel landete auf dem Dachfirst und begann zu singen. Anja wickelte sich fester in ihre Jacke.

Ein Auto kam langsam die Straße entlang, blieb stehen. Anja stand auf, stieg in ihre Gummistiefel und ging vor zum Zaun. Vorsichtig bog sie die Zweige der Hecke auseinander – und schaute direkt in das Gesicht eines Mannes, der sich neben dem Auto streckte und dehnte.

„Guten Morgen", sagte Anja. „Wird ein schöner Tag heute."

Der Mann stammelte etwas, das sie nicht verstand.

„So früh schon zum Joggen?", fuhr Anja fort.

Der Mann räusperte sich. „Sie auch sehr früh aufgestanden", sagte er.

Wieder räusperte er sich. „Sehrr schönerr Garrten", sagte er mit rauer Stimme und mit rollenden Rs. „Schönes Haus, schöne Landschaft." Dabei beschrieb er mit der Hand einen Kreis über die Felder und den Wald und die anderen Häuser.

„Aber laut", antwortete Anja, „sehr laut. Die Autobahn, wissen Sie. Jetzt geht es noch. Aber in zwei Stunden setzt der Berufsverkehr ein. Am schlimmsten sind die Lastwägen."

Der Mann rieb sich die Augen. Sie waren gerötet. Er hatte einen Bartschatten.

„Sind Sie die ganze Nacht gefahren? Wenn Sie einen Platz suchen, um sich auszuruhen, fahren Sie einfach noch ein paar Meter weiter, unter der Autobahn durch. Dann kommt ein ruhiger Parkplatz im Wald."

„Danke."

Aber er blieb stehen und schaute sie an.

„Sind Sie weit gefahren?", fragte Anja, um die Verlegenheit zu beenden.

„Ja, weit, sehr weit", sagte er schließlich. „Ich komme aus Russland, aus Sibirien."

„Oh!"

„Aber nicht heute. Das ist zu weit."

Anja lachte. „Ja, da fährt man wohl mehrere Tage." Der Mann lachte auch.

„Ich bin Daniel und du?"

„Anja."

„Anja? Anna? Für mich bist du Anuschka."

Anja lachte wieder. „Jetzt muss ich aber ins Haus. Mir wird kalt."

„Und ich gehe schlafen."

„Anuschka", murmelte er noch einmal und stieg ins Auto.

Anja schaute ihm nach. Berliner Kennzeichen.

Daniel. Um fünf Uhr früh bin ich endlich am Ziel. Bis dahin nur Stau. Lastwagen an Lastwagen. Stau vor Würzburg, Stau hinter Nürnberg, Stau von Neufahrn bis Ismaning, Stau zwischen Aschheim und Vaterstetten. An der Raststätte kaufe ich mir zwei Redbull, um wach zu bleiben. Trotzdem ordne ich mich am Autobahnring falsch ein. Erst in Holzkirchen merke ich, dass ich in Richtung Salzburg gefahren bin, statt in Richtung Ramersdorf. Das Navi schickt mich dann durch schlafende Dörfer und über nächtliche Landstraßen. Irgendwie umkreise ich ein halbes Dutzend Kreisverkehre, bis ich endlich das Ortsschild Unterhaching sehe. Da ist es fast fünf Uhr.

Aber das ist noch gar nichts verglichen mit dem, was mich am Zielort erwartet: ein unübersichtliches Netz von Straßen und Wegen, die alle aus dem Ort hinauszuführen scheinen, keine einzige führt hinein. Manchmal habe ich das Gefühl, ich fahre den Anwohnern über die Fußmatte vor der Haustür.

Endlich am Ziel. Es wird es schon hell. Das Haus, in dem das Zielobjekt wohnt, ist am Ortsrand. Nur eine Seite der Straße ist bebaut, nach der anderen Seite erstreckt sich ein Feld. Kein Baum, kein Strauch. Krähen krächzen. Direkt vor mir sehe ich eine Autobahn. Warum hat mich das blöde Navi so herum geschickt? Bestimmt gibt es gleich 100 m weiter eine Auffahrt.

Im Moment bin ich nur sauer. Jetzt ein schönes Hotel, eine heiße Dusche und ein weiches Bett. Statt dessen stehe ich hier in der Pampa.

Ich steige aus und strecke mich. Und da sehe ich sie – Anuschka. Steht hinter dem Zaun, zwischen den Sträuchern, biegt die Zweige zur Seite, um mich anzulächeln. Wie immer haben sich Strähnen aus ihrem Zopf gelöst und hängen ihr ins Gesicht. Sie bläst eine Strähne zur Seite.

„Anuschka, wie kommst du hierher?", frage ich, natürlich auf russisch. Auf was sonst?

Sie schaut mich verwundert an. Dann sagt sie etwas auf deutsch.

Anuschka, in einem geblümten Kittel und einer hellblauen Strickjacke drüber, Anuschka in Gummistiefeln mit einem Plastikeimer in der Hand. Nein, das ist nicht Anuschka. Hinter ihr ein Garten mit Blumen, Rosen blühen, eine Fichte verdeckt fast das Haus mit dem spitzen Giebel. Es ist – vertraut und doch gleichzeitig fremd. So wie die Frau, die Anuschka sein könnte, aber nicht ist.

„Schöner Garten", stammle ich.

Ich reibe mir die Augen.

„Wenn sie ein paar Meter weiter fahren, kommen Sie zu einem Parkplatz", erklärt sie mir. „Dort können Sie sich ausruhen."

Das mache ich. Ein Parkplatz am Rande des Waldes, unter hohen Bäumen. Ich klappe den Sitz zurück, stopfe mir meine Kissen zurecht. So müde, dass ich nicht schlafen kann. Auch weil ich Anuschka vor mir sehe, immer wieder, die echte und die falsche Anuschka abwechselnd.

Anuschka, ach, Anuschka. Warum bist du nicht bei mir?

Thomas rieb sich die Augen und tauchte seinen Löffel in die Müslischüssel.

Peter raschelte mit der Zeitung.

Anja schmierte Butter auf ein Brot und legte zwei Wurstscheiben darauf.

„Diese Wurst mag ich nicht so gerne", sagte Thomas.

„Ich hab keine andere", erklärte Anja.
„Sie sieht so eklig aus."
„Das scheint nur so, weil es so dunkel ist."
„Mach halt Licht an", brummte Peter hinter seiner Zeitung.
„Es ist Mai und die Sonne scheint. Da mach ich kein Licht an."
„Hier drin brauchen wir den ganzen Tag Licht. Wegen dem verflixten Baum."

Der verflixte Baum war eine mächtige Fichte, direkt an der Terrasse und damit vor dem Esszimmerfenster. Er war einige Meter höher als das Haus und so breit, dass die Äste bis an die Hausmauer reichten, nicht nur unten am Boden, wo er einen Großteil der Terrasse überdeckte, sondern auch noch im ersten Stock.

„Außerdem, heute früh haben mich schon wieder die verflixten Krähen aufgeweckt", setzte Peter hinzu.

„Wie ich aufgestanden bin, hast du tief und fest geschlafen", widersprach Anja.

„Wie viele Nester haben wir denn schon im Baum? Sechs? Sieben? – So geht das nicht weiter."

Anja schaffte es, nicht zu antworten. Was hätte sie sagen sollen? Schließlich leben wir im Haus der Krähenwally. Klar, dass die Saatkrähen sich hier niederlassen. Wie oft hatten sie schon darüber gestritten. Besser, sie hielt den Mund.

Aber die Stille und der Frieden hielten nicht lange, weil Thomas nun anfing: „Heute Nacht haben wieder die Hände über die Fensterscheibe gekratzt."

„Nicht Hände, Äste", verbesserte ihn Anja.

„Aber die Äste und Zweige sind die Arme und Hände des Baumes", beharrte Thomas, „und die

Nadeln sind die Fingernägel. Und wenn die über die Fensterscheibe kratzen, ist es so richtig gruselig."

„Der Baum muss weg", sagte Peter und faltete seine Zeitung. Anja legte eine Brotscheibe über die Wurst, schnitt das Brot in vier Teile und packte es in die Brotzeitdose.

„Eines Tages fällt er noch auf das Haus", setzte Peter nach.

„Eher fällt das Haus auf den Baum", meinte Anja.

Thomas begann zu lachen. „Der Sturm hebt das Haus in die Höhe, so hoch, so hoch und dann landet es im Baum. Dann wohnen wir in einem Baumhaus."

„Ja, da spann ich dann ein Seil, an dem kannst du rauf und runter."

„Aber allen Ernstes, Anja, kannst du nicht Regine sagen, dass der Bub Angst hat, wenn die Äste über die Mauer kratzen? Außerdem geht der Putz kaputt."

Thomas sprang auf. „Ich hab keine Angst", erklärte er, „nicht vor dem Baum und überhaupt vor keinen Geistern und Gespenstern nicht."

Anja packte Apfelstücke neben das Brot und klappte die Dose zu.

„So, Thomas, auf geht's. Wir fahren in den Kindergarten."

„Bäh, Kindergarten! Ich mag nicht. Ich will hier bleiben. Bei Papa im Büro sitzen und malen. Kindergarten ist blöd."

„Thomas, der Papa muss heute zum Steuerberater. Er ist nicht zu Hause."

„Dann fahr ich mit zum Steuerberater. Onkel Miguel sagt, wenn man sich mit Steuern gut auskennt, spart man eine Menge Geld."

„Da hat Onkel Miguel allerdings recht."

„Drum will ich mit zum Steuerberater."

„Nein, Thomas, das geht nicht. Geh in den Kindergarten, spiel mit den anderen Kindern, lern ein paar Lieder ..."

„Alles doof! Alles langweilig!" Thomas hieb mit den Fäusten auf den Tisch.

„Führ dich nicht so auf." Peters Ton wurde streng. „So einen Zornbinkel kann ich nicht mitnehmen."

„Komm, komm, das ist die Trotzphase", beschwichtigte Anja.

„Und ich geh nicht in den Kindergarten!"

„Und du gehst in den Kindergarten und damit basta!"

„Basta, basta, basta."

„Thomaslein, komm Zähneputzen", trällerte Anja. „Sonst kommen Karius und Baktus und bohren Löcher in deine schönen Zähnlein."

Brummelnd folgte Thomas Anja ins Bad.

„Ruf Regine an", rief Peter hinterher. „und sag ihr, der Baum muss weg."

Anja dreht sich in der Tür um: „Regine wird der Fällung niemals zustimmen. Außerdem ist sie wandern mit den Senioren."

„Das ist die Gelegenheit! Heute noch schneid ich ihn um."

„Peter, du weißt, dann können wir uns auch gleich eine andere Wohnung suchen."

Die Wohnzimmertür schloss sich hinter Anja. Peter schob das Geschirr zur Seite, so dass er seine Zeitung bequem auf den Tisch legen konnte.

Thomas versuchte, den Moment hinauszuzögern, in dem er den Kindergarten bzw. seinen Gruppenraum, das Hasenzimmer, betreten musste. Er zog einen Arm aus dem Ärmel seiner Jacke, dann stellte er mit einem Blick auf die Garderobenhaken fest: „Benni, Ina, Mareike und Stefano sind noch nicht da." Er setzte sich auf die Bank und öffnete die Klettverschlüsse seiner Schuhe.

„Zieh doch erst deine Jacke fertig aus." Anja juckte es es in den Fingern.

„Ach ja!"

Thomas schloss die Klettverschlüsse wieder, stand auf, zog seine Jacke aus, ließ sie auf den Boden fallen und setzte sich wieder hin.

„Häng deine Jacke an den Haken", ermahnte ihn Anja.

„Wo ist denn meine Jacke?" Thomas schaute links und rechts.

„Du hast sie auf den Boden geworfen."

„Das war ich nicht. Das war das Gespenst."

„Thomas, trödle nicht so herum. Ich habs eilig." Anja verlor langsam die Geduld.

Thomas hob seine Jacke auf, kletterte auf die Bank. Ließ die Jacke fallen, kletterte herunter, um sie nochmal aufzuheben. Anja zwang sich, ruhig zu atmen, sich nicht provozieren zu lassen. Heute bin ich mit der Büroarbeit bestimmt in einer Stunde fertig und dann fahr ich an den Hachinger Bach. Gehört doch zu meiner Arbeit, oder?

Thomas hatte endlich die Jacke aufgehängt und seine Schuhe ausgezogen. Da öffnete sich die Tür und Fräulein Finesse schaute heraus.

„Ach, Frau Gollinger, gut, dass ich Sie sehe. Ich muss unbedingt mit ihnen sprechen."

Anja seufzte innerlich. Wenn Fräulein Finesse – die eigentlich Frau Fiedermann hieß, aber Anja nannte sie für sich Fräulein Finesse – wenn die wieder ein Problem mit Thomas hatte, dann dauerte es bestimmt eine halbe Stunde.

Thomas schlich zur Tür.

„Halt, Thomas, du hast die Hausschuhe vergessen."

„Ach ja. Ich bin vielleicht ein Geist und schleich auf leisen Socken ..."

Aber er kam zurück und schlüpfte in seine Schlappen. Als sich die Tür hinter ihm geschlossen hatte, legte Frau Fiedermann, alias Fräulein Finesse los.

„Frau Gollinger, Thomas macht uns große Sorge. Jetzt haben sich wieder Eltern über ihn beschwert. Er erzählt den Kindern Geistergeschichten. Die fürchten sich dann in der Nacht und können nicht schlafen."

„Das ist doch ganz normal", erklärte Anja betont ruhig, „dass Kinder in diesem Alter Ausflüchte suchen, um nicht ins Bett gehen zu müssen. Steht in jedem Erziehungsratgeber."

„Es ist ja schön, dass sie Erziehungsratgeber lesen, liebe Frau Gollinger, aber das, was Thomas da von sich gibt, darüber werden Sie in keinem Erziehungsratgeber etwas finden. Das ist schon nicht mehr normal. Wenn die Kinder dann heulend zu ihren Eltern ins Bett kriechen, weil sie Angst haben, das ist nicht das normale Rumzicken aus Ihrem Erziehungsratgeber."

Anja zählte innerlich bis fünf. Laut sagte sie: „Was erzählt er denn, dass es den Kindern solche Angst macht?"

„Er erzählt von Schritten, die die Treppe heraufkommen, von Türen, die sich quietschend von selber öffnen ..."

Anja zuckte zusammen. Das Phänomen gab es in ihrem Haus wirklich. Peter führte es darauf zurück, dass das Haus alt war und die Türrahmen verzogen, die Mauern krumm und schief. Durch die Fensterritzen zog der Wind und zog halt mal eine Tür auf und wieder zu. Aber Anja war überzeugt, dass der Geist von Wally, der Krähenwally, wie sie zu Lebzeiten genannt worden war, noch immer im Haus umging.

„Und dann die Sache mit dem Bild, vielmehr mit dem Mann im Bild, der nachts heraus steigt und sich an den Schreibtisch setzt und Geld zählt."

Fräulein Finesse beugte sich zu Anja vor und schaute ihr in die Augen.

„Das werden Sie doch nicht ernst nehmen?", flüsterte Anja. Ihre Stimme war so belegt, dass sie nicht laut reden konnte.

„Natürlich, ich nehme das nicht ernst," erklärte Fräulein Finesse. „Aber die Kinder! Die Kinder nehmen das ernst! Eine Familie musste das Kinderzimmer neu tapezieren, weil das Kind Angst hatte, dass die ganzen Figuren nachts herunter klettern und auf seinem Bett herum springen."

„Das muss schon eine Alptraum-Tapete gewesen sein", rutschte es Anja heraus.

„Das war eine sehr teure Künstlertapete vom Böhmler im Tal und die Eltern waren ziemlich sauer."

Anja merkte, wie ihr heiß wurde.

„Thomas hat halt viel Fantasie", erklärte sie matt.

„Sagen Sie ihm doch, dass er den Kindern solche Sachen nicht erzählen soll." Fräulein Finesse lächelte.

„Ja, das werde ich ihm sagen. Er soll ja nichts mehr von zu Hause erzählen, das werde ich ihm ganz deutlich sagen, darauf können Sie sich verlassen. Aber Sie, Fräulein, Frau Fiedermann sollten vielleicht auch ab und zu die Kinder im Blick haben und zuhören, was sie so erzählen, statt einfach nur froh zu sein, dass sie Ruhe geben."

Es sprudelte einfach so aus Anja heraus. Fräulein Finesse bekam einen roten Kopf und war einen Moment sprachlos. Anja nutzte die Gelegenheit und machte ein paar Schritte auf die Eingangstür zu.

„Frau Gollinger, wollen Sie damit sagen, dass ich, dass wir ..."

Anja drehte sich um: „Ich wollte damit nur sagen, dass ich keinen Einfluss darauf habe, was die Kinder im Kindergarten treiben, was sie sagen, was sie tun. Da müssen schon Sie aufpassen."

„Das ist ungeheuerlich, Frau Gollinger! Solche Vorwürfe kann ich nicht auf mir sitzen lassen."

„Ihre Vorwürfe gegen Thomas kann ich auch nicht sitzen lassen. Und auf Wiedersehen. Ich muss in die Arbeit."

Peter wird stolz auf mich sein, dass ich der Hexe endlich die Meinung gegeigt habe, dachte Anja, als sie sich aufs Fahrrad schwang. Immer hackt sie auf Thomas herum. Mal, weil er die Kinder verführt hat, sich gegenseitig anzumalen – wo war sie denn da? Warum hat sie das nicht gesehen? – Mal, weil er beim Spielen immer gewinnt und jetzt, weil er Gespenstergeschichten erzählt.

Anja schob ihr Fahrrad zur Straße und stieg auf. Vielleicht hätte ich es doch nicht so sagen sollen, dachte sie. War vielleicht nicht so gut. Ist ja nicht einfach, so eine Meute von Kindern zu hüten. Beim Abholen werde ich mich entschuldigen.

Und jetzt fahr ich gleich an den Bach und erst nachher ins Büro.

Seit zwei Wochen waren einige Bäume im sogenannten Auwald völlig von klebrigen Netzen überzogen. In ihrem Schutz fraßen hunderte von Raupen die ganzen Blätter auf. Anja hatte nachgelesen: Gespinstmotten befallen nur die Vogelkirschen. Den Bäumen macht das nicht viel aus. Sobald sich die Raupen verpuppt haben, treiben sie einfach neue Blätter aus. Wenn man genau hinschaute, konnte man schon kleine grüne Pünktchen an den Zweigspitzen erkennen. Aber besorgte Bürger wollten ihr nicht so recht glauben. Sie sahen schon alle Bäume am Bach kahl gefressen, fürchteten um die Bäume auf der nahegelegenen Obstwiese und um die Büsche vor dem eigenen Haus. Anja hatte einen schweren Stand, weil niemand glauben wollte, dass den gefräßigen Raupen ausschließlich Vogelkirschenblätter schmeckten. Sie riefen nach dem Einsatz von Gift.

An den befallenen Bäumen angekommen, stellte Anja fest, dass die Verpuppung schon begonnen hatte. Die Raupen klumpten in den Astgabeln zusammen, um sich einzuspinnen. Der nächste Regenguss würde dann das ganze Gespinst abwaschen.

Regine Oberschall schwebte im warmem Wasser. Die Sonne schien warm auf ihr Gesicht. Die Sprudeldüse in ihrem Rücken plätscherte leise. Hinter ihr im Wildwasserkanal, der um die Zeit nicht in Betrieb war, schlugen die Wellen leise gegen die Fliesen. Unten im großen Becken pflügten die Krauler durchs Wasser. Eine Schulklasse stand am Springerbecken. Ab und zu platschte ein Kind ins Wasser.

Ein perfekter Tag: Perfektes Wetter, der perfekte Platz in Unterhaching: Ringsum durch Bäume abgeschirmt, konnte man wirkungsvoll ausblenden, dass man sich mitten in einer dicht besiedelten Gemeinde befand. Und genau das tat Regine: alles ausblenden, was sie störte. Nur blauer Himmel, Vogelgezwitscher und Blätterrauschen durchlassen. Und warmes Wasser. Möglichst noch die Augen schließen.

Aber als neben ihr das Wasser sich heftig bewegte, öffnete sie die Augen doch.

„Hallo Regine! Na, überrascht, dass ich hier bin?"

„Richard", sagte Regine.

„Und alles ok bei dir?"

„Bis gerade eben, ja. Jetzt nicht mehr. "

Richard schob sich vor Regine und grinste sie an.

„Soll ich dich untertauchen?"

„Über das Alter sind wir doch hinaus."

„Du musst mich unbedingt wieder einmal besuchen, Regine. Ich vermisse dich."

„Nein, muss ich nicht."

„Ach, immer noch beleidigt? Wegen der kleinen Ohrfeige? Aber, aber. Eine Frau muss ab und zu eine Watschn haben, damit sie auf Spur bleibt."

„Ich verzichte darauf. Und jetzt verschwinde."

Richard schwamm ein paar Züge weg. Dann kehrte er wieder um. Er wollte grad etwas sagen, da kam ein anderer Mann die Treppe ins Becken herauf und ließ sich mit einem Platscher ins warme Wasser fallen.

„Richard! Du! Altes Haus! Was machst du denn da?"

„Ich unterhalte mich mit einer Freundin."

„Eine Freundin? Die da?"

Regine nutzte die Ablenkung, schoss zur Treppe und verließ das Becken. Sie wusste, was nun kam.

„Die da? Das ist eine Grüne!"

Einmal hatte sie sich mit der Gruppe Rentner auf eine politische Diskussion eingelassen, hatte geglaubt, sie hätte die bessern Argumente, könnte an die Vernunft appellieren. Alles was sie erreichte, war, die anderen darin zu überzeugen, dass sie grüne Argumente anführte und grün war gleich falsch. Ob es um Klimawandel, Sonnenstrom, Fluchtursachen, Elektroautos ging – keiner war bereit, von seiner Meinung abzurücken. Alle nickten, nicht weil sie überzeugt worden waren, sondern weil sie sich bestätigt fühlten, dass die grünen Argumente falsch waren. Seither schwamm Regine immer einen großen Bogen um die Rentner, die mitten im Becken standen und sich unterhielten, und bemühte sich, die Ohren zu verschließen, um nichts von ihrem Gemosere über die Regierung und die Welt zu hören.

Dass auch ihr ehemaliger Liebhaber zu dieser Sorte Mensch gehörte, war ihr leider zu spät aufgegangen. Aber besser spät als nie. Nach einem heftigen Streit, bei dem Richard die Hand ausrutschte, hatte Regine die Beziehung beendet.

So, und jetzt war Richard aufgetaucht und stellte ihr während ihrer vormittäglichen Schwimmrunden bzw. Plätscherminuten nach.

Regine stieg aus dem Wasser, packte ihre Tasche, schlüpfte in die Sandalen und ging schnellen Schrittes zu den Umkleiden. Hoffentlich wurde Richard von seinem Spezl im Wasser festgehalten.

Daniel. Der Auftrag lautet: Die Zielperson ausschalten, ihren Computer zerstören und sicher stellen, dass keine Sicherheitskopien vorhanden sind. Punkt 1 ist meine Spezialität. Allerdings bräuchte ich mehr Gelegenheit zum Trainieren, damit meine Zielsicherheit erhalten bleibt. Punkt zwei krieg ich auch noch hin. Punkt drei ist schwieriger. Micro-SD-Karten kann man überall verstecken. Wenn es nur Punkt 1 wäre – das geht sauber und schnell und dann bin ich wieder weg. Punkt 2 und 3 wird dreckig und gefährlich. Erst einmal umschauen.

Aber sie zahlen. Gut zahlen sie. Noch hab ich das Geld nicht. Mein letzter Kunde hat schon gemeint, er müsste nicht zahlen. Pech für ihn. Aber mir fehlt das Geld fürs Hotel.

Die Zielperson wohnt im Haus neben Anuschka. Bisher habe ich sie noch nicht einmal zu Gesicht bekommen. Die Zielperson, meine ich. Anuschka sehe ich jeden Morgen, wenn sie aus dem Haus geht. Sie hat einen kleinen Sohn. Sie fahren mit Fahrrädern in den Ort. Er strampelt vorne weg auf seinem kleinen Rad, Anuschka hinterher. Ich vermute, sie bringt ihn in den Kindergarten.

Ich schaue ihnen nach. Der blonde Zopf auf ihrem Rücken wippt im Rhythmus der Pedale. Beim Gedanken an Anuschka, an die richtige Anuschka, an die

Anuschka zu Hause, tut mir das Herz weh. Diese deutsche Anuschka sieht ihr so ähnlich. Und ist fast genauso weit weg für mich wie die russische.

Ich öffne das Gartentor und marschiere die Einfahrt hinauf. Ich muss das Nachbarhaus auch von hinten sehen. Die Gelegenheit erscheint mir günstig. Ich spähe durch das Fenster neben der Haustür und erschrecke. Ein weißhaariger Mann schaut mich an. Er sitzt am Schreibtisch und hinter ihm hängt ein Bild. Das zeigt denselben weißhaarigen Mann an einem Schreibtisch, hinter dem Schreibtisch ein Bild mit einem weißhaarigen Mann ... – Es ist ein Arbeitszimmer. Am Schreibtisch sitzt gar niemand. Was mich erschreckt hat, war nur ein Bild hinter dem Schreibtisch. Ich muss lachen, lachen über mich selber. Da geht die Haustür auf und ein Mann im Schlafrock mit verstrubbelten Haaren steht da.

„Wer sind Sie? Was wollen Sie?", fragt er.

Bevor ich etwas sagen kann, sagt er schon: „Keine Stelle frei zur Zeit. Tut mir leid. Wenn ich neue Aufträge habe, kann ich wieder einstellen. Aber zur Zeit leider nicht."

„Ok", sage ich und schicke mich an zu gehen. Die Haustür schließt sich wieder.

Ich gehe betont langsam, lasse die Schultern hängen, eben wie jemand, der gerade eine Abfuhr erhalten hat. Ich bin schon halb die Einfahrt hinunter, da ruft er mich von der Terrasse aus. Er winkt mit einem Zettel.

„Hier hab ich was für Sie. Die Dame will nur ab und zu den Rasen gemäht haben oder die Fenster geputzt. Für mich uninteressant. Aber für Sie ein paar Stunden Arbeit. Sie können ruhig 12 Euro die Stunde verlangen."

Ich steige vorsichtig über die Blumenrabatte und nehme den Zettel entgegen. Verbeuge mich und sage „Danke vielmals."

„Ist eine Freundin der Familie", sagt der Mann und grinst. „Schauen Sie zu, dass Sie einen guten Eindruck machen."

Ich bin im Auto und will grad losfahren, da klopft eine Frau an die Seitenscheibe.

„Sie können hier nicht parken", sagt sie.

„Aber hier ist doch sogar ein Parkplatz eingezeichnet", entgegne ich.

„Das schon", sagt sie, „aber da parkt immer mein Mann."

Ich schaue mich um, ob ich ein Schild sehe.

„Die Gemeinde erlaubt nicht, dass wir ein Schild hinmachen", erklärt sie. „Sie sagen, dass ist eine öffentliche Straße und da kann jeder parken. Aber das wollen wir nicht. Hier will mein Mann parken."

Mann o Mann, auf was habe ich mich da eingelassen. Ich kann den Auftrag gleich zurück geben. Eine Gegend, wo ständig jemand hinter der Gardine die Straße beobachtet. Wie soll ich da die Lage erkunden?

Aber da fährt die Zielperson aus der Tiefgarage. Ich fahre hinterher.

Anja kochte. Zwei Wochen vom Kindergarten ausgeschlossen! Anja war wütend auf Thomas und auch wütend auf sich selbst. Hätte sie sich bloß vorige

Woche nicht mit Fräulein Finesse angelegt. Bestimmt war sie deswegen noch immer sauer auf sie, und der heutige Vorfall hatte das Fass zum Überlaufen gebracht.

Sie radelte los und schaute sich kein einziges Mal um. Thomas strampelte sich ab um hinterher zu kommen. Mit seinen kurzen Beinen und dem kleinen Rad war das nicht einfach. Aber er gab keinen Ton, kein Jammern von sich und strampelte so schnell er konnte. Anja ließ ihm das Gartentor offen. Thomas lenkte sein Rad in die Einfahrt, dann stieg er ab und schloss das Tor. Anja wartete vor der Haustür. Thomas stellte sein Rad neben das von Anja, nahm seinen Helm ab und hängte ihn an den Lenker. Im Haus setzte er sich ganz brav auf die Treppe und zog die Schuhe aus. Erst als sie in der Küche waren und er die Brotzeitdose und die Trinkflasche aus dem kleinen Rucksack holte, kam das Donnerwetter.

„Was hast du dir dabei gedacht, Thomas, anderen Kindern die Haare abzuschneiden?"

„Die wollten es so", sagte Thomas ganz ruhig.

„Thomas! Du kannst nicht einfach anderen Kindern die Haare abschneiden! Das geht nicht."

„Aber sie wollten es so. Wir haben Friseur gespielt und da muss man Haare abschneiden."

„Muss man nicht. Man kann doch auch nur so tun als ob."

„Aber sie wollten, dass ich richtig die Haare abschneide. Wirklich Mama, die wollten das so."

„Warum hast du dann nicht eine der Kindergärtnerinnen gefragt, ob du das darfst."

„Da war keine da."

Anja seufzte. Ja, das war das Problem. Die Kindergärtnerinnen hatten genug zu tun mit den

Kindern, die Krach machten. Wenn Kinder still spielten, ließ man die in Ruhe. Zu viele Kinder und zu wenig Betreuerinnen. Nun war ja Thomas einer von der Krachmacherfraktion. Wenn der still war, dann war eigentlich höchste Alarmbereitschaft geboten.

„Du hast uns jetzt ganz schöne Probleme eingebrockt. Die nächsten zwei Wochen darfst du nicht mehr in den Kindergarten gehen."

„Das macht mir gar nichts aus, Mama."

„Dir nicht, aber mir schon!"

Anja füllte die Flasche mit Wasser, verschloss sie mit der Handfläche und schüttelte sie.

„Hermann kann kommen und auf mich aufpassen", schlug Thomas vor. „Oder ich gehe zu Frau Jelinek oder zu Regine."

„Thomas, die nehmen dich einen oder zwei Tage, aber nicht zwei Wochen. Und es ist noch nicht sicher, ob du hinterher wieder in den Kindergarten darfst. Vielleicht müssen wir einen neuen für dich suchen."

„Das macht mir doch nichts aus."

Anja stellte die Flasche kopfüber in den Geschirrkorb.

„Dir macht das nichts aus, wie gut! Aber Papa und ich müssen arbeiten gehen, Frau Jelinek hat ihren Haushalt, Regine muss zur Physio und zum Wandern und in den Seniorenclub zum Malen."

„Da bleib ich halt zu Hause. Oder ich geh mit dir ins Büro."

„Das täte dir gefallen. Aber ich muss arbeiten, hörst du? Ich kann nicht mit dir spielen und dir Bilderbücher vorlesen." Anja merkte wie ihre Stimme lauter und schriller wurde. Wie sie das Bedürfnis hatte, den kleinen Kerl zu packen und durchzuschütteln, wie er da so seelenruhig vor ihr stand und sagte „Das macht mir doch nichts aus".

„Weißt du was, Thomas, du gehst jetzt ganz schnell irgendwohin, wo ich dich nicht sehe und nicht höre und beschäftigst dich ganz still mit etwas. Schaust Bilderbücher an oder baust einen Duploturm. Keinen Unsinn, keine Experimente. Ich muss nachdenken, was ich mit dir mache."

Thomas verließ die Küche und zog die Tür hinter sich zu. Anja spitzte die Ohren, um zu hören, wo er hin ging. Natürlich, er ging zu Peters Arbeitszimmer. Anja riss die Küchentür auf.

„Nicht ins Büro", schrie sie. „Schau zu, dass du hier raus kommst. Nicht ins Büro! Geh ins Wohnzimmer in deine Spielecke oder auf die Couch. Aber im Büro hast du nichts zu suchen."

Thomas öffnete die Bürotür einen Spalt.

„Du hast doch gesagt ..."

„Raus aus dem Büro", schrie Anja, „bevor ich die Geduld verliere!"

Gott-ergeben schlich Thomas ins Wohnzimmer, holte ein Bilderbuch aus dem Schrank und setzte sich auf die Couch.

Anja schaltete die Kaffeemaschine ein.

Daniel. Ich rufe die Telefonnummer an, die ich erhalten habe und biete mich an, den Rasen zu mähen. 15 Euro die Stunde verlange ich und erhalte die Zusage.

„Können Sie gleich morgen kommen?"

„Kann ich."

Ein Reihenhaus, eins unter ungefähr 50 gleichen. Kleiner Vorgarten, der Hauptgarten auf der Rückseite, nur durch das Wohnzimmer zu erreichen. So schwierig kann es nicht sein, den kleinen Garten zu mähen. Ist es aber doch. In der Mitte ist eine Fläche mit Wildblumen. Da muss ich vorsichtig drum herum mähen. Und die Ränder gestalten sich auch sehr schwierig, weil immerzu irgendwas am Rand wächst, das nicht beschädigt werden darf. Jedenfalls, Madam geht die ganze Zeit neben mir her und gibt mir Anweisungen. Aber ich bin ja ein friedlicher Mensch und wenn die Bezahlung stimmt, mache ich alles, wirklich alles. Aber Madam hat noch mehr für mich: Terrasse abspritzen. Dazu muss ich die Möbel und die Blumentöpfe auf den Rasen räumen.

„Daniel Bronstein?", sagt Madam, als ich ihr meinen – derzeitigen – Namen nenne und runzelt die Stirn. „Sind Sie mit dem Mathematiker Bronstein verwandt?"

Hoppla, Vorsicht!

„Äh ja, das ist ein Urgroßonkel dritten Grades", sage ich schnell.

Madam nickt.

„Sind Sie auch mathematisch interessiert oder so?"

„Nein, nein, überhaupt nicht." Oh Gott, was kommt jetzt noch.

„Nun", fährt Madam fort, „in Russland wird ja sehr viel Wert auf gute mathematische und naturwissenschaftliche Bildung gelegt."

„Madam haben Mathematik studiert?"

„Ja, ein paar Semester, aber dann ..."

„Ich hab ein paar Semester Literatur studiert", gebe ich an. Was ja auch stimmt.

„Russische Literatur?" Madams Augen leuchten auf.

„Nein, deutsche Literatur. Aber wir können uns gerne über russische Literatur unterhalten. Bulgakow, Stanislaw Lem."

Nun kommt noch ein kleiner Bub. Madam soll auf ihn aufpassen, weil seine Mutter zum Zahnarzt muss. Der spielt jetzt auf der Terrasse: Er schöpft Wasser aus dem Eimer und füllt es in einen Topf. Wenn der Topf voll ist, gießt er ihn in Spielzeugtassen. Es läuft ziemlich viel daneben.

„Du wirst ganz nass, kleiner Kerl ", sage ich zu ihm.

„Das macht mir doch nichts aus", ist die Antwort.

„Aber vielleicht deiner Oma."

„Nein, der macht das auch nichts aus."

Nein, der Oma macht es nichts aus. Sie lacht. Dann zieht sie den Kleinen aus, trocknet ihn ab und wickelt ihn in ein Handtuch.

„Magst du mit mir Uno spielen?", fragt er. Also spiele ich mit ihm ein Kartenspiel.

Die Oma ist begeistert.

„Sie könnten Babysitter machen, so gut, wie sie mit ihm umgehen können."

„Nein, das ist nichts für mich."

„Seine Mutter braucht jemanden, der ihn tagsüber betreut."

„Nein, lieber Rasen mähen."

„Putzen Sie auch Fenster?"

Zum Abschluss bekomme ich noch eine kräftige Brotzeit, einen 50 Euro Schein und die Telefonnummer einer Freundin, die auch Hilfe im Garten braucht.

„Und am Donnerstag kommen Sie zum Fensterputzen."

Mein Auftrag muss warten.

Hermann. Es ist Frühling und Hermann wird unruhig. Im Winter ist es ja ganz schön im Haus. Frau Jelinek lässt ihn weitgehend in Ruhe, sein Neffe kommt sowieso kaum aus dem Zimmer. Aber mit dem Frühling packt Frau Jelinek der Putzteufel und sie fängt an zu lüften und zu wischen und die Möbel hin und her zu schieben.

„Kannst du mal aus dem Weg gehen, Hermann? Du könntest ja mal im Schupfen aufräumen. Oder im Keller, damit ich die Spinnweben wegsaugen kann. Und stell Mausefallen auf. Bring die Flaschen zum Container. Fisch doch das Laub aus dem Teich."

Und jetzt auch noch Anja: „Kannst du zwei Tage in der Woche auf Thomas aufpassen? Wir haben es uns mit der Kindergärtnerin verdorben. Gründlich verdorben. Jetzt steh ich dumm da."

Hermann liebt Anja und liebt Thomas und er spielt gerne mit Thomas Fußball oder geht mit ihm in den Wald – aber halt nur, wenn ihm grad danach ist. Vor allem aber nicht, wenn es eine Pflicht ist, wenn ihm jemand sagt, er möchte das tun und wenn er noch so schön bittet, wie jetzt eben Anja. Hermann kann das nicht. Wenn Erwartungen an ihn gestellt werden, dann läuft er weg. Einmal wird er auf Thomas aufpassen, einmal, nur diese Woche, weil er grad Lust drauf hat. Aber nicht jede Woche, bis der Bengel wieder in den

Kindergarten geht. Einmal ja, aber dann will er frei sein und machen können, was er will.

Hermann schüttelt seinen Schlafsack auf und rollt ihn wieder zusammen. Er holt seine Isomatte aus dem Schrank. Übernachten im Landschaftspark unter freiem Himmel, nur die Sterne über sich, drei Flaschen Bier und zwei Leberkassemmeln als Proviant – fürs erste. Aber dann muss Hermann weg. Weit weg. Wenn schon nicht nach Australien, dann wenigstens in die Türkei. Vielleicht wieder zusammen mit Ibrahim?

Ibrahim ist im Obst- und Gemüseladen seiner Tochter. Baut eine Pyramide aus Orangen. Drapiert die Salatköpfe.

„Fahren wir in die Türkei?"

Ibrahim schüttelt den Kopf.

„Cenet braucht mich."

„Ach geh, die kommt auch ohne dich aus."

„Die Kisten sind schwer für eine Frau."

„Sie hat doch einen Mann. Der kann die Kisten heben."

Ibrahim mustert konzentriert seine Salatköpfe.

Schließlich sagt er: „Du kannst haben Schlüssel für mein Haus in Diyarbakir. Schaust du dort nach dem Rechten, ob Dach dicht oder Winterregen ins Haus gekommen. Aber ich kann nicht mitfahren."

Hermann zögert. Schon wieder eine Aufgabe. Nach dem Haus schauen! Womöglich das Dach reparieren. Und dann macht er es nicht richtig und Ibrahim sagt zwar nichts, aber man spürt es doch, dass es falsch war.

„Ich überleg es mir", sagt Hermann und geht.

Anja leerte den Eimer mit Küchenabfällen in die Kompost-Tonne und schaufelte etwas Erde darüber. Die Komposttonne stand im hintersten und schattigsten Eck des Gartens. Leider grenzte seit neuestem ein kleiner Garten an ihr Grundstück. Das Nachbarhaus beherbergte zehn Parteien und alle Erdgeschosswohnungen hatten einen Gartenanteil.

Seither gab es Ärger, nicht so sehr wegen des Komposts, sondern wegen der Büsche, die ihn abschirmten. Die Nachbarn fanden den Holler, die Haselnuss-Staude und die Kornelkirsche einfach nur grässlich. Gerade blühte der Holler, riesige weiße Dolden und darauf jede Menge Insekten. Bienen und Käfer halt, ganz gewöhnliches Zeug. Aber das war den Nachbarn ein Dorn im Auge.Im Herbst beschwerten sie sich über die Blätter, die auf ihren Rasen fielen, im Sommer über die Vögel, die im Gebüsch in aller Früh einen Heidenlärm veranstalteten und jetzt gerade über die Insekten, denn die könnten sich ja in die Wohnung verirren und das Kind stechen oder beißen und damit in Lebensgefahr bringen.

Eigentlich könnte Anja sich auch beschweren: über den penetranten Geruch des Grillanzünders zum Beispiel, über die Rauchschwaden von eben diesem Grill, über das Sirren des Rasenmähroboters, der Tag und Nacht über die 17 Quadratmeter Rasen seine Schleifen zog und dabei immer wieder hängen blieb, sich in eine ausweglose Lage manövrierte und dann zu brummen anfing – mit Vorliebe natürlich nachts. Peter hatte um des lieben Friedens Willen vorgeschlagen Thujen zu pflanzen. Anja meinte, dann könnte er gleich Plastiktannen hinstellen. Sie würde ja viel lieber eine Brombeere mit spitzen Stacheln pflanzen.

Die Zweige raschelten.

„Hallo, Frau Nachbarin!" Anja zuckte zusammen.

Aber es war der freundliche Nachbar aus dem ersten Stock, der ihr immer vom Balkon aus zuwinkte. Jetzt erschien sein Gesicht zwischen den Zweigen und Blättern.

„Haben Sie mich erschreckt", sagte Anja.

„Das wollte ich nicht. Entschuldigen Sie."

Er war eben ein höflicher Mensch. Konnten nicht alle Nachbarn so angenehme Zeitgenossen sein?

„Wie kommen Sie denn hierher?", fragte Anja. „Haben Sie sich vom Balkon abgeseilt?"

Er lachte.

„Frau Gollinger, ich habe eine Bitte an Sie." Er streckte ihr die Hand durch das Gesträuch entgegen streckte.

„Nehmen Sie. Und verstecken Sie das Ding gut."

„Eine Tigerente?" Anja nahm sie aus seiner Hand und drehte ihn zwischen den Fingern.

„Da ist ein Speicherchip drin. Im Schnabel ist ein USB-Anschluss."

„Ist ja witzig."

„Ich muss verreisen. Heben Sie das Ding bitte für mich gut auf."

„In meinem Nachtkastl? Ist das gut genug?"

„Nein, bitte nicht zwischen Strümpfen und BHs, denn da sucht man ja als erstes. Haben Sie nicht ein ganz geheimes Versteck? Eines, wo niemand hinkommt?"

„Ich könnte ihn ..."

„Bscht", unterbrach er sie. „Ich muss, ich darf das Versteck gar nicht wissen. Aber es muss eines sein, wo niemand drauf kommt, dass da was versteckt sein könnte."

Natürlich hatte Anja so ein Versteck, im Keller.

„Schaut ohnehin wie Spielzeug aus."

„Vielen Dank, Frau Gollinger. Ich bin sehr erleichtert. Und jetzt ganz unauffällig …"

Anja schaute ihn verblüfft an.

„Keine Angst, niemand weiß, dass ich hier hinten bin. Der Fleck hier ist gut abgeschirmt. Ich verschwinde so unauffällig wie ich gekommen bin und Sie spazieren durch Ihren Garten und trällern ein Liedchen, so wie Sie es immer tun. Erst in einer Weile gehen Sie ins Haus und versorgen unser Geheimnis."

Daniel. Die Zielperson steht hinten am Gartenzaun und redet mit Anuschka. Die Zweige der großen Fichte schwingen im Wind und verdecken sie ab und zu. Es könnte klappen. Aber ich kann nicht schießen. Wegen Anuschka. Wenn sie mir ins Schussfeld läuft. Wenn ein Ast die Kugel ablenkt. Ruhig, bleiben, Daniel. Einen günstigen Moment abwarten.

Der Mann reicht Anuschka etwas über den Zaun. Etwas Gelbes. Etwas Kleines. Anuschka lässt es in der Tasche ihrer Jacke verschwinden.

Was wird Anuschka tun, wenn der Mann tot umfällt? Hat sie gute Nerven, schaut sich um und sieht mich wegfahren? Oder schreit sie, schreit und schreit und schreit. Der Gewehrlauf zittert. So kann ich nicht. Der kleine Bub läuft durch den Garten. Läuft zum Gartentor. Strahlt. Winkt mir zu. Ich lasse das Gewehr sinken.

„Hallo Daniel!", ruft er. „Hallo! Spielst du mit mir Uno?"

Es ist der kleine Thomas. Er ist Anuschkas Sohn. Ich winke zurück.

„Heute nicht. Ich muss etwas erledigen."

„Morgen?"

„Vielleicht."

Die Zielperson dreht sich um und geht ins Haus. Anuschka auch.

„Thomas, tut mir leid, aber ich muss jetzt fahren. Geh du wieder spielen."

„Mach ich. Tschau."

Ein Auto fährt aus der Tiefgarage. Ich folge ihm. Er fährt auf die Autobahn. Dort gibt er Gas. Mein alter Skoda kommt da nicht mit. Bei der nächsten Ausfahrt kehre ich um. Ich werde Punkt zwei und drei zuerst erledigen.

Anja legte den USB-Stick auf den Schreibtisch.

„Was ist das?", fragte Sanchez. Seine Stimme klang wie von weit her. Es war das erste Mal, das Anja seine Geisterstimme hörte. Obwohl er nicht aus dem Bild heraus konnte, entging Sanchez nichts, was ihm Haus vor sich ging. Normalerweise redete er nicht mit Anja. Er redete nur mit Peter. Beriet ihn bei der Gründung der Firma, bei der Finanzierung, beriet ihn bei der Steuererklärung. Mit Anja redete er nicht. Sie hatte für seinen Geschmack zu viele Skrupel. Mit ihrem "Das ist aber hart am Rand der Legalität," hatte sie es sich mit ihm verdorben.

„Was bringst du denn da?"

„Eine Tigerente. Eigentlich ein Kinderspielzeug. Aber diese da hat im Schnabel einen USB-Anschluss und ihm Innern einen Speicherchip", erklärte Anja.

„Von wem hast du sie?"

„Von einem Nachbarn. Er will verreisen und ich soll sie für ihn aufbewahren."

„Was ist drauf?"

„Weiß ich nicht."

„Schau nach."

„Geht mich doch nichts an, was da drauf ist."

„Schau nach. Vielleicht kann man damit was anfangen."

„Vielleicht sind es ja nur Urlaubsfotos."

Sanchez lacht. „Von den Fotos macht man keine Sicherheitskopie, die man bei der Nachbarin hinterlegt."

„Pornos?"

„Das müssen wichtige und heikle Daten sein. Steck den Stick schon ein. Wir wollen nachschauen. Und eine Sicherheitskopie machen. Für alle Fälle."

Eigentlich war Anja auch neugierig. Aber leider war der Stick nicht lesbar: ein Passwort war nötig, um ihn zu öffnen.

„Die meisten Leute verwenden einfache Passwörter", meinte Sanchez. „Das Geburtsdatum, den Namen der Freundin, eines Haustieres ..."

„Weiß ich alles nicht", sagte Anja und zog den Stick wieder ab.

„Nicht so schnell aufgeben. Steck ihn wieder rein. Probier deinen Namen, ja, deinen, schließlich war der Stick für dich bestimmt, probier die Straße, probier Perlacher Forst, probier alles, was man so sieht, wenn man aus dem Fenster schaut."

Anja steckte ihn wieder ein und probierte: Fichte, Amsel, Krähe, Hund, Nachbarin – nichts.

„Ich glaub, ich bin zu dumm", sagte sie schließlich.

„Nein, nicht dumm, aber naiv, phantasielos und ungeduldig."

„Aus!"

Anja trug den Tigerenten-Stick in den Keller und versteckte ihn hinter dem Wasserrohr – dort wo auch das Säckchen mit den Krüger-Rand war, das Tagebuch von Wally und der Brief einer Schweizer Bank mit der Nummer des Kontos, auf dem das Geld lag, das Eugenides dem Thomas vermacht hatte. Mochte das auch Sanchez entgangen sein – Wally wusste Bescheid. Ihr Geist war im trüben Kellerlicht als schwaches Schemen zu erkennen. Sie nickte Anja zu. Anders als Sanchez redete sie nichts, dafür geisterte sie durchs ganze Haus. Auch ihr entging nichts.

Daniel. Natürlich kann ich Fensterputzen. Bei einem meiner Aufträge habe ich mich zwei Wochen lang als Fensterputzer in einem Bürogebäude herumgetrieben. So einen Schlipsträger wundert es nicht, wenn die Fenster alle zwei Tage geputzt werden. Er schaut nur kurz von seinem Bildschirm auf, murmelt „Transparenz ist wichtig" und überlegt sich den neuesten Trick, um Leuten Geld abzuknöpfen.

Der Chef, der hat protestiert. „Bei mir muss kein Fenster geputzt werden, ich hab ohnehin keine Zeit rauszuschauen." Das waren seine letzten Worte. Dann habe ich den Schalldämpfer abgeschraubt, mitsamt der Glock im Putzeimer unter den Lappen verstaut und bin wieder raus. In der Toilette habe ich den Overall ausgezogen und dann kam ich in Anzug und Krawatte mit dickem Notebook-Rucksack wieder raus und hab das Haus verlassen. „Kundenbesuch", hab ich dem Werkschutz zugemurmelt. Witzig, denn der Kundenbesuch war gerade zu Ende.

Jedenfalls, Putzmann ist immer gut. Niemand wundert sich, wenn du Gummihandschuhe und eine Staubmaske trägst. Meist nehmen sie dich gar nicht wahr, die Herren im Anzug und die Damen mit den engen Blusen und den hochhackigen Schuhen. Ich könnte tatsächlich bei Peter Hertlich sofort einsteigen. Denn das hab ich nun schon rausgekriegt: „Hertlich – Hilfe in Haus und Garten" macht genau das: Fensterputzen, Rasenmähen, Schneeräumen, die Wohnung reinigen nach der Party, den verschimmelten Kühlschrank säubern und neu befüllen.

Fensterputzen kann ich also. Madam wird zufrieden sein. Der Kleine ist auch wieder da.

„Sie haben ihn aus dem Kindergarten rausgeworfen," jammert die Oma, die gar nicht die richtige Oma ist, wie sie mir erklärt hat, nur Oma ehrenhalber und zeitweise. „weil er die anderen Kinder terrorisiert."

Ich muss grinsen. Dabei schaut der Kerl so harmlos und lieb aus mit seinem blonden Schopf. Sitzt da und blättert in seinem Bilderbuch.

„Was hast du denn im Kindergarten angestellt", frage ich, während mein Wischer über die Scheiben gleitet und sie mit Schaum überzieht.

„Ach, nichts besonderes."

„Hast du Krach gemacht."

„Ja, ein bisschen. Wir haben Affen gespielt."

Er springt auf und hüpft auf allen Vieren über den Boden. Dann trommelt er sich auf die Brust und schreit „Uahu, Uahu."

„Ist schon ganz schön laut", sage ich. „Und deswegen haben sie dich ..."

„Nein, das war ja die Idee von Dennis. Und Fabian wollte Wolf spielen. Das war auch sehr laut."

Er jault wie ein Köter, dem man auf den Schwanz getreten ist. Sie haben es nicht leicht, die Kindergartenfräuleins.

„Aber das war es nicht?"

„Nein, das war es nicht. Sie haben gesagt, wir sollen etwas Leises spielen. Und da, da ..."

„Da hast du eine Idee gehabt."

Ich ziehe mit der Gummilippe das Wasser ab. Schön hin und her in Achterschleifen und verbeiße mir dabei das Lachen.

„Ja, ich hab gesagt, wir spielen Friseur."

Ich stoße fast den Eimer mit dem Wasser um.

„Und da hast du ihnen die Haare geschnitten."

„Ja, und wir waren ganz leise."

„Und niemand ist nachschauen gekommen, weil ihr so leise wart."

Er nickt. Hopst auf dem Sofa auf und ab und grinst.

„Aber wir sind nicht ganz fertig geworden. Der Fabian hat auf einer Seite noch seine Haare. Und auf einmal hat er zu heulen angefangen."

Er hüpft vom Sofa auf den Boden und wieder hinauf.

So ist es immer, denke ich. Erst sind sie von der Idee begeistert und dann fangen sie zu heulen an. „So ernst haben wir das doch nicht gemeint", jammern sie. Tja, und dann bin ich der Böse. Dabei erfülle ich nur ihren Auftrag.

Wie der hüpft! Auf und ab, auf und ab. Unermüdlich. Man sollte einen Generator anschließen und aus dieser Energie Strom gewinnen.

„Aber mir macht das nichts aus, dass ich nicht mehr in den Kindergarten darf. Einmal bin ich bei Regine, einmal bei Frau Jelinek und da gibt es viel besseres Essen als im Kindergarten. Und wenn Hermann kommt, dann gehen wir zu seinem Freund in den Obstladen. Einmal gehe ich mit Mama ins Büro. Darf ich auch mal bei dir sein? Ich könnte dir beim Fensterputzen helfen."

Richtig treuherzig kann er dreinschauen und hat es faustdick hinter den Ohren. Würde sich in meinem Job gut machen, wenn er mal groß ist. Nicht als Fensterputzer, meine ich.

„**Hast du mit Regine** über den Baum gesprochen?"

Peter Hertlich saß am Sofa, Anja hing quer im Stuhl, die Beine über der Armlehne baumelnd. Thomas schlief neben Peter auf der Couch. Er war vor fünf Minuten eingeschlafen.

„Ich hab nur gesagt, ach, der Baum, wir brauchen den ganzen Tag elektrisches Licht, so dunkel macht er das Zimmer, da ist sie schon in die Luft gegangen. Macht euch doch Solarzellen aufs Dach, dann habt ihr billigen Strom. Aber der Baum bleibt stehen. Sie hat sich richtig aufgeregt."

Peter stand auf und streckte sich. Er holte zwei Gläser und die Flasche Rotwein, die schon geöffnet auf der Anrichte stand.

„Du musst ihr deutlich sagen, dass der Baum früher oder später umfallen wird, eher früher als später."

„Peter, du weißt, ich kann es mir mit Regine nicht verderben."

„Anja, das Geschäft läuft. Du musst nicht mehr für diese Stiftung arbeiten. Und wenn sie uns kündigt, dann finden wir auch ein anderes Haus. Ein moderneres und komfortableres."

„Darum geht es nicht, Peter. Aber ich habe niemanden der auf Thomas aufpasst. Regine nimmt ihn immerhin einmal die Woche."

„Wir werden schon wieder einen Kindergartenplatz für Thomas finden. Oder du bleibst zu Hause."

Peter schenkte den Rotwein ein. Anja streckte die Hand nach dem Glas aus, zog sie aber wieder zurück.

„Das mit dem Kindergartenplatz wird, fürchte ich, nicht so einfach. Das wird schon in allen Kindergärten herum erzählt, dass Thomas ein schwieriges Kind sei."

Peter stellte sein Glas wieder ab.

„Das darf doch nicht wahr sein. Da wird ein Fünfjähriger zum Verbrecher gestempelt. Was sind wir denn für eine Gesellschaft."

Anjas Augen füllten sich mit Tränen.

„Alles läuft falsch. Hast du den Brief vom Finanzamt noch nicht gesehen? Wir müssen eine Vorauszahlung machen.

„Wir verkaufen einfach ein paar von unseren Goldmünzen."

„Und wenn das Finanzamt fragt, wo wir das Geld her haben?"

„Ein Pro-Forma-Kredit von Regine – haben wir doch schon mal gemacht."

Peter stand auf, ging zu Anja hin und legte ihr den Arm um die Schultern.

„Komm, ein bisschen kreative Buchführung und alles geht klar."

Anja schüttelte den Kopf.

„Peter, wir sind allmählich Betrüger."

„Ach, komm, alle großen Firmen machen das. Warum sollen wir es nicht auch probieren? Wir warten bis sie uns mahnen. Dann beantragen wir eine Stundung und so schinden wir Zeit, bis sich das Konto gefüllt hat. Die laufenden Kosten bezahlen wir bar und ohne Beleg und ..."

„Hör auf!"

„Komm, Anja, was ist schon dabei. Soviel Schaden wie die Großen können wir gar nicht anrichten. Bei uns geht es doch nicht um Millionen wie bei denen."

Anja wischte sich die Tränen ab und schnäuzte sich.

„Außerdem haben wir gar keine andere Wahl", stellte Peter fest.

„Es ist trotzdem nicht richtig. Wir benehmen uns wie Kriminelle."

„Aber nur Kleinkriminelle, Anja, nur ganz kleine."

„Mit dem Kleinen fängt es an", beharrte Anja.

Peter zuckte die Schultern und trank einen Schluck Wein.

Anja legte eine Decke über das schlafende Kind. Peter schaute ihr zu und drehte das Weinglas zwischen den Fingern.

„Weißt du was", sagte Anja, „du wirst dem Miguel Sanchez immer ähnlicher. Er färbt auf dich ab."

„Ha, bis ich so bin wie der Sanchez", widersprach Peter, „da fehlt noch viel und wahrscheinlich erreiche ich diese Stufe nie im Leben."

„Wir haben sein Schwarzgeld verwendet, um die Firma zu gründen. Du arbeitest an seinem Tisch. Über deinem Schreibtisch hängt sein Bild ..."

„Jetzt erzähl mir nicht, dass du, wie Thomas, ihn auch aus dem Bild steigen siehst", unterbrach Peter sie.

Anja schüttelte abwehrend den Kopf.

„Trotzdem, der Sanchez hat großen Einfluss auf dich. Du bist nicht mehr der Peter, der für Recht und Ordnung steht."

„War ich das einmal? Bin ich nicht manchmal am Recht und an der Ordnung verzweifelt?"

„Aber ich will einen Peter und keinen imitierten Miguel Sanchez. Ich will einen Peter, der die Firma aus eigener Kraft aufgebaut hat und nicht mit faulen Tricks und ergaunertem Geld."

„Weißt du was, Anja, und wenn die Firma mal so groß ist, dass wir richtig bescheißen können, dann bin ich sogar stolz darauf. Und vielleicht mach ich es dann gar nicht, weil ich es nicht nötig habe."

Anja hob den Kopf und sog die Luft ein. Dann stand sie auf und ging in die Küche.

„Was hast du?", fragte Peter.

„Es riecht angebrannt. Aber der Herd ist aus."

Peter sprang auf, packte das schlafende Kind und stürzte zur Terrassentür hinaus. Anja stolperte hinterher.

„Was ist los?"

„Die alten Leitungen in diesem verratzten Haus. Bestimmt ist eine durchgeschmort."

Der Rauchgeruch war hier draußen noch stärker.

In dem Moment sahen sie schon am Anfang der Straße Blaulicht. Vier große Feuerwehr-Wägen rasten die Straße herauf und blieben vor dem Haus stehen. Erst jetzt merkten Anja und Peter, dass die Nachbarn auf der Straße standen. Feuerwehrleute mit Atemmasken und Sauerstoffflaschen stürmten in den Hauseingang.

„Das ist nebenan", flüsterte Anja. „Nebenan brennt es."

Thomas regte sich in Peters Arm, aber er wachte nicht auf.

Ein Trupp Feuerwehrleute mit einer Steckleiter kam in ihren Garten.

„Können wir hier durch? Wir müssen auf die Rückseite des Hauses."

Aus einem Fenster auf der Rückseite quoll schwarzer Rauch.

Sie warteten keine Antwort ab. Schon wurde ein Schlauch mitten durch Anjas Salatbeet gezogen. Ein Feuerwehrmann zog eine Axt heraus und begann, die unteren Äste der Fichte abzuhacken. Kurz darauf kreischte eine Säge auf und Äste fielen.

Jetzt wurde Thomas wach.

Schaute sich kurz um, barg dann wimmernd seinen Kopf an Peters Schulter.

„Es ist nicht unser Haus,", versuchte Peter ihn zu beruhigen. „Es brennt nebenan. Die Feuerwehr ist schon da. Nichts passiert mehr."

Peter und Anja gesellten sich zu den Experten, die den Brand und die Schäden begutachteten. Die hintere Fassade des Hauses war über dem Fenster bis hinauf zum Dach rußgeschwärzt. Vom Fenster herunter liefen schwarze Streifen Löschwasser. Auch eine Frau aus dem Haus stand dabei und hörte zu.

„Und die Wohnung?", fragte Anja.

„Total ausgebrannt."

„Die Brandursache?", wollte Peter wissen.

„Ich solls ja nicht sagen, aber ich sags, damit Sie aufpassen. PC war an, obwohl niemand zu Hause war. Ein Notebook. Wurde grad aufgeladen. Der Trafo lag auf einem Kissen. So kam es zu einem Schwelbrand. Bis die Nachbarn gemerkt haben, was da los ist, war schon alles am Glosen, Teppiche, Vorhänge, das Bett ..."

„Wenn nicht die Snörri", sagte die Frau, „die Katze vom Seitenberger, die soll ich füttern, weil er weggefahren ist, also, wenn nicht die Snörri so an der Tür gekratzt hätte, hätten wir es gar nicht bemerkt."

„Ich versteh das nicht. Der Seitenberger fährt in Urlaub und da lässt er seinen Notebook am Netz?" Anja schüttelte den Kopf.

„Der Seitenberger ist im Urlaub? Wo er hin ist, wissen Sie nicht?"

„Nein, das hat er mir nicht gesagt. Er hat mir nur gesagt, dass er gleich wegfährt."

Thomas kam an den Zaun gestürzt.

„Diese blöde Feuerwehr", schrie er, „diese blöde, saublöde Feuerwehr! Sie hat meine Höhle kaputt gemacht."

Das Versteck, das sich Thomas unter den überhängenden Zweigen der Fichte geschaffen hatte, war nun kein Versteck mehr. Die Feuerwehr hatte die beiden großen Äste abgesägt – ein paar Stummel ragten noch hervor. Aber nun war deutlich zu sehen, dass Thomas nahe am Stamm ein Badetuch ausgebreitet hatte, auf dem ein Teddy saß und ein paar kleine Autos lagen.

Anja ging zu ihm.

„Thomas, das musste sein, damit die Feuerwehr durch konnte."

„Die blöden. Hätten doch auch anders gehen können, oder über die Zweige steigen. Jetzt ist meine Höhle kaputt!"

Tatsächlich liefen ihm ein paar Tränen über die Wangen.

„Vielleicht können wir die Höhle auf die andere Seite des Baumes verlegen?", schlug Anja vor.

„Nein, können wir nicht. Die andere Seite ist so eklig. Da liegen Knochen."

„Du meinst, da sind die Wurzeln des Baumes."

„Nein, da liegen Knochen. Da will ich nicht sein. Ich will auf der Seite bleiben."

Anja betrachtete die Höhle und musste schmunzeln. So süß! Der kleine Kerl hatte sich das perfekte Versteck gesucht.

„Weißt du was, Thomas, ich hol zwei alte Decken. Die machen wir an den Aststummeln fest, dann ist deine Höhle wieder abgeschirmt und niemand sieht dich.

„Aber das ist nicht so, wie es sein muss."

„Aber es ist besser als so. Machen wir das?"

Peter mischte sich ein.

„Wir können ja auch die abgeschnittenen Äste wie eine Wand davor stellen."

Thomas warf sich auf das Handtuch und heulte laut.

Peter zerrte schon die abgeschnittenen Äste herbei und begann sie hinzurichten. Anja holte Schnur zum Festbinden. Während sie in die Garage ging, überlegte sie: Snörri, die Katze vom Seitenberger, vielleicht ist das Passwort Snorri? Wie schreibt man das eigentlich. Muss ich gleich morgen ausprobieren.

Thomas setzte sich auf und schaute zu, wie Peter und Anja die Äste festbanden, um seine Höhle wieder abzuschirmen.

„Das ist doch jetzt fast so gut wie vorher?"

Er nickte und wischte sich mit dem Ärmel Tränen und Rotz ab.

„Übrigens," sagte Peter, „ich hab den Auftrag, die Wohnung wieder herzurichten. Die Möbel und so weiter entsorgen, sauber machen und neu streichen lassen."

„Und wer zahlt es? Der Seitenberger ist ja nicht da."

„Die Hausverwaltung streckt es vor. Denn so wie es ist, kann es nicht bleiben."

Regine. Nach Süden erstreckte sich ein grünes Meer aus Baumspitzen, ab und zu ragte ein Kirchturm daraus hervor. Und zum Abschluss die blaue Wand der Berge, alle aufgereiht, Wendelstein, Jochberg, Herzogstand, Zugspitz …

Elfriede Jelinek, die Haushälterin der Struck-Villa, und Regine Oberschall saßen auf der Bank in der Sonne. Elfriede hatte eine Thermoskanne mit Kaffee und Butterbrezn mitgebracht.

„War eine gute Idee von dir, zum Perlacher Mugl zu fahren", sagte Regine.

„Weißt, ich muss es ausnutzen, dass Hermann nicht da ist. Da muss ich ihm kein Frühstück machen."

„Kann er doch auch mal selber machen."

„Haha, was glaubst du, wie dann die Küche ausschaut? Da putz ich zwei Stunden bis ich die Fettspritzer wieder weg hab und die Eierrreste vom Boden gekratzt. Lieber mach ich es ihm."

Regine lehnte den Kopf an die Holzwand hinter ihr.

„Weißt du noch, früher, ganz früher, da waren wir öfter hier."

„Ein paar Mal haben wir hier heftig gefeiert und sind die ganze Nacht heroben geblieben", ergänzte Elfriede.

Die beiden schwiegen, jede für sich schwelgte in Erinnerungen.

„Die Wally ...", sagte schließlich Regine.

„Und die Vevi – beide schon tot."

„Die Thea auch, die Anneliese – nur wir zwei sind noch übrig."

Regine schloss die Augen. Elfriede stand auf und ging einmal um die Gipfelbude herum.

„Was ist eigentlich aus dem Kurt oder Körd, wie er genannt werden wollte, was ist aus dem geworden? Hast du irgendwann mal was von ihm gehört?", fragte sie.

Regine zuckte zusammen.

„Der Körd? Nein, nie mehr von ihm gehört."

„Der ist doch verschwunden, spurlos verschwunden."

„Der wollte nach Marokko", sagte Regine.

„Seine Eltern haben doch nach ihm gefragt, weil sie monatelang nichts von ihm gehört hatten."

„Ich weiß nicht, warum sie nicht in Marokko nach ihm gesucht haben. Ich hab ihnen doch gesagt, dass er da hin wollte."

„Und der Rudi? Gibt es den noch?"

„Ja, der fährt immer noch jedes Jahr zweimal nach Griechenland. Der hat dort ein Haus.

Ich war sogar mal dort bei ihm", ergänzte Regine nach einer Weile.

„Und deine neueste Eroberung? Wie heißt er gleich wieder?"

„Schon passé – war nichts."

„Echt?"

Regine reagierte nicht. Hielt ihr Gesicht in die Sonne, Augen geschlossen.

„Aber du und der Kurt", fing Elfriede wieder an, „ihr wart ja schon ganz speziell. Dass der sich nie wieder bei dir gerührt hat?"

„Was heißt, wir waren speziell?"

„Na, die große Liebe, wie man halt so sagt."

„Von meiner Seite nicht. Der Kurt, der hat mit jeder rumgemacht."

„Und die Wally?"

Regine zuckte mit den Schultern.

„Ja, die Wally ..."

„Die schon? Ich mein, die war in Kurt verliebt."

„Ich sag ja, Kurt hat mit jeder rumgemacht."

„Mit mir nicht", sagte Elfriede.

„Suchst du Stoff für einen neuen Roman?"

„Ich schreibe Krimis und keine Sex-Geschichten."

„Vielleicht solltest du das Genre wechseln? Sex-geschichten verkaufen sich besser." Regine stand auf und ging ein paar Schritte vor zum Geländer.

„Die Geschichte mit Kurt eignet sich womöglich für einen Krimi", meinte Elfriede.

„Ehrlich gesagt, ich war froh, als er verschwunden war. Richtig froh. Von wegen speziell! Große Liebe und so. Pah! Aber fahren wir doch wieder. Ich möchte gerne noch beim Hirschbrunnen vorbei und nach den Kaulquappen schauen."

„Sollte das nicht Anja machen?"

„Die hat doch dafür nie Zeit."

Daniel. Es ist ein idyllisches Fleckchen. Die Waldwiese mit der großen Eiche in der Mitte, der Teich, in dem es von Kaulquappen wimmelt. Und dann der Brunnen. Immerhin kann ich mich da waschen. Um ein Bad zu nehmen, ist das Becken etwas zu schmal und in den Krötenteich will ich nicht eintauchen. Aber ich kann mich hier gründlich von Kopf bis Fuß waschen. Auch wenn das Wasser sehr kalt ist. Ab und zu kommt ein Hund vorbei – das stört mich nicht weiter. Im Moment habe ich Zeit, die Zielperson ist verreist. Immerhin wird die Wohnung renoviert. Also wird sie bald wieder auftauchen, schätze ich.

Niemals hätte ich erwartet, an meinem Badeplatz auf Madam zu treffen. Erst denke ich nur, zwei alte Schachteln auf ihren Elektro-Rädern, die fahren vorbei. Aber nein, die bleiben stehen, begutachten den Teich. Ich im Adamskostüm und grad auf dem Weg zu der Bank, wo meine Sachen liegen, da schaut mich die eine an und sagt: „Herr Bronstein? Was machen Sie denn hier?"

Es ist Madam Oberschall, Rasenmähen und Fensterputzen, Hecken schneiden, Auto waschen usw. Mit Freundin. Während mich Madam noch angafft, schließt die Freundin messerscharf: „Ist das ihr Badezimmer? Haben Sie keine Wohnung?"

„Haben Sie keine Wohnung?", echot Madam. Ich steige in meine Hose und schließe den Gürtel.

„Nein", sage ich, „ich habe noch keine Wohnung gefunden."

„Warum sagen Sie denn nichts! Sie können doch bei mir wohnen. Ich hab doch ein Gästezimmer."

Ich suche nach einer Antwort.

„Ehrlich gesagt, ich wäre froh, wenn ich einen Mann im Hause hätte. Sie würden mir einen Gefallen tun, wenn Sie bei mir einziehen", erklärt Madam.

Die andere Frau kramt in ihrer Tasche und zieht eine Tüte heraus und eine Thermoskanne.

„Frühstück gibt es hier im Wald auch keines", sagt sie. „Aber ich hab noch zwei Brezn und etwas Kaffee."

Das wars dann. Die Bank unter der großen Eiche, links und rechts von mir zwei Frauen, die fast gleichzeitig auf mich einreden. Aber ja, ich habe Hunger. Der Kaffee ist nur noch lauwarm, aber die Brezn sind dick mit Butter bestrichen.

Ich soll also bei Madam einziehen. Heute noch. Natürlich ist das verlockend. Aber was erwartet sie von mir als Gegenleistung? Den Flur ausmalen? Fliesen legen? Diskussionen über russische Dichter, die ich nie gelesen habe? Oder über Grigori Jakowlewitsch Perelman und die sieben größten ungelösten Probleme der Mathematik?

Ich glaube, sie erwartet etwas ganz anderes …

Anja und Thomas parkten ihre Fahrräder vor dem Eingang zum Büro. Anja schloss die beiden Räder aneinander.

»Hallo, Anja!«

Anja schaute auf.

Vor ihr stand Marilyn Monroe: hellblonde Lockenpracht und roter Kirschmund, enge Leopardenbluse und schwarze Leggins, hochhackige Schuhe.

»Ricarda?"

„Ja, ich bins. Kennst mich noch?"

„Wo kommst du denn her?«

»Direkt aus Athen. Ich warte hier schon zwei Stunden auf dich.«

Anja nahm Ricarda mit hinauf ins Büro. Thomas breitete Papier auf dem Schreibtisch aus und spitzte seine Buntstifte. Anja kochte Kaffee. Ricarda spazierte im Büro herum und schaute aus allen Fenstern. Dann setzte sie sich zu Thomas.

»Du bist aber schon groß«, stellte Ricarda fest.

»Ich bin fünf und bald bin ich sechs Jahre alt«, sagte Thomas.

»Die Zeit vergeht. Ich weiß noch, wie wir dich besucht haben. Da warst du ein winziges Baby.«

»Warst du all die Jahre auf der Jacht?«, fragte Anja.

Ricarda nickte.

»Und jetzt?«, bohrte Anja nach.

»Jetzt reicht es«, flüsterte Ricarda. Sie senkte den Kopf und studierte die Oberfläche des Kaffees in ihrer Tasse.

„Ich hab dich immer beneidet. Die ganze Zeit durch die Ägäis kreuzen – mein Gott, muss das schön sein!

Sonne und Wind und Wellen! Während wir hier im trüben kalten Deutschland sitzen."

„Das stellst du dir so vor." Ricarda verzog das Gesicht. „Die meiste Zeit hab ich in irgendwelchen Häfen gewartet. Gewartet und gewartet."

„Samothrake, Lesbos, Rhodos ...", begann Anja.

„Nix Rhodos, nix Kreta", knurrte Ricarda. „Odessa, Sewastopol, Sotschi. Die letzten zwei Jahre lag das Schiff im schwarzen Meer."

„Ist doch auch schön."

„War nicht schön. Kein Geld, schon seit Monaten."

„Eugenides?"

„Eugenides ist untergetaucht. Vielleicht lebt er auch gar nicht mehr. Die Jacht wurde beschlagnahmt und ich, ich hab gemacht, dass ich weggekommen bin."

Dann schaute sie auf und Anja ins Gesicht.

»Ich will gar nicht lang rumdrucksen«, sagte sie. »Es geht mir schlecht. Ich hab keinen Cent mehr. Ich brauche einen Job, ich brauche eine Wohnung. Kann ich bei dir unterkriechen, Anja? Bitte! Ich helfe dir im Haushalt, ich putz dir das Klo, ich geh mit deinem Kind spazieren. Ich mach alles, was du willst.«

Anja zuckte zusammen. Fast hätte sie ihren Kaffee verschüttet.

»Ich weiß, ich überfalle dich. Aber ehrlich Anja, ich bin in einer hoffnungslosen Situation. Eine Liege im Keller tut es auch. Hauptsache, ein Dach über dem Kopf. Ich schau, dass ich so schnell wie möglich etwas finde.«

„Du kannst ins Gästezimmer", sagte Anja. Kann man bei so einer Bitte nein sagen? Anja konnte es nicht.

„Danke, Anja", Tatsächlich rollten Tränen über Ricardas Wangen. Sie zog ein Taschentuch heraus und tupfte vorsichtig ihre Wangen ab.

„Ich schau, dass ich so schnell wie möglich wieder auf eigene Beine zu stehen komme. Aber bis dahin – ich weiß es zu schätzen."

Sie sprang auf, der Stuhl fiel um. Sie umarmte Anja.

„Danke", flüsterte sie, „danke."

Anja war ganz steif vor Verlegenheit.

Schließlich setzte Ricarda sich wieder. Anja kochte einen weiteren Kaffee.

„Weißt du", sagte sie, während sie Kaffeepulver in den Siebträger löffelte, „weißt du, dich schickt der Himmel. Thomas ist aus dem Kindergarten geflogen und ich brauche dringend jemanden, der auf ihn aufpasst."

„Prima! Dann ist uns ja beiden geholfen."

Thomas rutschte vom Stuhl und baute sich vor Ricarda auf.

„Du bist jetzt meine Kindergärtnerin?"

„Ja, und du kleiner Mann, sagst mir, was ich machen muss."

Sie streckte ihm die Hand entgegen und Thomas schlug ein.

Fängt ja gut an: „Du sagst mir, was ich machen muss – da wirst du dich noch wundern", wollte Anja sagen. Sie räusperte sich nur.

Hermann und Ibrahim saßen vor dem Gemüseladen auf Obstkisten und tranken Tee aus kleinen schlanken Teegläsern mit Goldrand. Cenet war nach Hause gegangen, die Füße hochlegen und die Kinder zum Hausaufgaben machen anhalten. Es war die ruhigste Zeit des Tages und so hütete Ibrahim den Laden. Hermann leistete ihm Gesellschaft.

„Ich fahre nach Irland", verkündete Hermann.

„Was? Du fährst Irland? Wann?"

„Nächste Woche. Mit dem Zug nach Paris, weiter nach Le Havre, dort aufs Schiff – und schon bin ich dort."

„Wie lange dauert das?"

„Eine Nacht und einen halben Tag im Zug, 19 Stunden Schiff."

Ibrahim schüttelte den Kopf und goss frischen Tee ein.

„Warum du fährst nicht Türkei mit Flugzeug? Ist schnell. Nur ein paar Stunden."

„Ich war noch nie in Irland."

„Ist dort schön? Schön warm? Besser als hier in kaltes Deutschland?"

Hermann schaufelte sich zwei Löffel Zucker in den Tee und rührte.

„Was hast du dagegen? Ich wollte doch mit dir wegfahren. Aber du magst ja nicht. Also fahr ich allein und fahr dahin, wohin ich will."

„In Türkei kannst du wohnen in meinem Haus. Kostet dich kein Geld. In Irland? Wo du wohnst? In teurem Hotel?"

„Leck mich doch am Arsch", sagte Hermann, trank seinen Tee aus und stand auf.

„I fahr da hi, wo i hi wui." Er fiel ins bairische Idiom, weil er sich aufregte.

„Setz dich wieder", kommandierte Ibrahim.

„Naa, i geh."

„Setz dich. Ist ungemütlich, wenn du stehst. Wir nicht streiten. Du fährst Irland, ich bleib da."

Hermann setzte sich wieder. Ibrahim goss ihm Tee ein.

„Da", sagte Hermann. „Siagst den oana da? Den großn Kerl?"

Ibrahim nickte.

„Schaug ned hi", Hermann flüsterte. „Der is dauernd da, wo i bin und schaut und manchmoi machta mim Handy a Foto vo mia."

„Wirklich? Du sicher?"

„Wenn is dia sag. Seit ara Woch scho. S erste Moi wia i mim Thomas im Garten gspuit hab."

„Warum der dich fotografieren? Macht Bild für Zeitung oder Fernsehen. Wirst du berühmt, Hermann!"

„I mag des ned."

„Geh zu ihm hin und frag ihn. Frag, warum machst du Foto?"

„Na, des dua i ned."

„Dann ich gehe und frage."

Ibrahim stand auf.

„Na, geh weida, bleib hocka. Vielleicht buid i mia des a bloß ei."

„Vielleicht ihm gefällt, wir zwei hier sitzen und Tee trinken? Ist ein bisschen wie Türkei. Alte Männer sitzen vor dem Haus und trinken Tee."

Eine Kundin kam und musterte den Spargel in den ausgestellten Kisten. Ibrahim stand nun doch auf und ging zu ihr.

Hermann zog ein Fläschchen aus der Innentasche der Jacke, schraubte es auf, nahm einen tiefen Zug und verstaute es wieder. Tee war nicht so Hermanns Sache. Aber da Ibrahim als Moslem keinen Alkohol trank, wartete Hermann mit dem Schnaps bis er nicht herschaute. Ibrahim tat dann so, als ob er es nicht bemerkt hätte. Jetzt hatte Hermann etwas mehr Mut. Er schaute sich nach dem Mann um, von dem er sich beobachtet glaubte. Aber der war verschwunden.

„Is eh wurscht", murmelte Hermann, „nachste Woch findt er mi nimma."

Ricarda lachte. „Ich fass es nicht. Es ist nicht zu glauben. Ich fass es nicht."

Endlich hatte sie sich so weit beruhigt, dass Anja nachfragen konnte, was sie denn so zum Lachen brachte.

„Dein Kleiner hat mir gerade das Büro von Peter gezeigt. Da hängt ja das Bild vom Sanchez."

„Und nicht nur das", ergänzte Anja, „der Schreibtisch ist auch vom Sanchez."

„Meint dein Peter, er schafft es, so viel Geld anzuhäufen, wie der alte Miguel? Da ist er ein bisschen spät dran. Miguel hat schon mit 16 seine erste Firma gehabt."

„Mach dich bloß nicht in seiner Gegenwart darüber lustig. Peter ist da empfindlich. Der ist gleich beleidigt."

„Ich könnte mich ausschütten vor Lachen, Anja."

„Dann schütte dich jetzt aus, solange er noch nicht da ist. Hat dir Thomas auch erzählt ..." Anja wusste nicht, wie sie es formulieren sollte, dass Thomas ab und zu Zwiesprache hielt mit Sanchez, dass er ihn

Onkel Miguel nannte, dass er sich von ihm Ratschläge holte.

Aber Ricarda wollte gar nichts hören. Sie lief zum Wohnzimmerfenster und schaute hinaus.

„Also, den großen Baum hier, den würde ich an eurer Stelle sofort umsägen. Der nimmt euch ja so viel Licht."

„Geht leider nicht. Die Vermieterin erlaubt es nicht."

„Außerdem hausen da Krähen drin und die machen einen Heidenlärm in aller Früh. Heute haben sie mich wieder geweckt."

„Ich hör sie schon gar nicht mehr."

„Beschweren sich die Nachbarn nicht darüber?"

„Doch. Aber die beschweren sich über alles. Das geht hier rein und dort raus." Anja deutete auf ihre Ohren.

„Wenn dir das nichts ausmacht ... Aber ein paar Äste absägen dürft ihr schon, oder?"

„Ich hab sie noch nicht gefragt."

„Dann frag doch gar nicht erst. Säg einfach ein paar ab, und dann noch ein paar und noch ein paar."

„Du meinst, das merkt sie nicht, wenn nur noch der Stamm steht?"

„Ach Anja, du bist viel zu ehrlich. Lass dich doch von der alten Hexe nicht tyrannisieren. Schlag mit gleichen Waffen zurück."

In dem Moment schleuderte Thomas seine Duplosteine zornig durch die Gegend.

„Es hält nicht! Scheiß Duplo. Großer Mist!"

„Geh, was ist denn. Komm ich helf dir." Ricarda wandte sich Thomas zu.

Jetzt wird sie gleich einen seiner Zornesausbrüche erleben, dachte Anja. Aber Ricarda kümmerte sich nicht um sein Toben Sie setzte sich auf den Boden und begann zu bauen. Und, oh Wunder, Thomas hielt mitten im Wutanfall inne, hörte auf, mit den Füßen auf den Boden zu stampfen und setzte sich zu ihr.

Von Ricarda kann ich tatsächlich noch was lernen, dachte Anja. Das mit den Ästen jedenfalls ist zu überlegen. Das war die Feuerwehr, sagen wir einfach.

Ricarda und Thomas verabschiedeten sich und verließen das Haus. „Wir gehen zum Spielplatz."

Anja räumte das Frühstücksgeschirr in die Spülmaschine. Sie wischte den Tisch ab und kehrte die Brösel auf. Sie goss die Blumen am Fensterbrett. Sie wechselte die Handtücher im Bad und trug die benutzten in den Keller. Vor dem Schuhregal blieb sie stehen. Nach einem kurzen Moment des Überlegens griff sie hinter das Regal und tastete in die Nische am Abwasserrohr. Da, da war sie, die Tigerente. Sie steckte sie in die Tasche ihrer Jeans.

Dann ging sie in Peters Büro und wischte Staub, wischte den Monitor ab, wischte die Tastatur ab, wischte den Aktenschrank ab, wischte den Staub vom Bilderrahmen und setzte sich an den Schreibtisch. Sie fuhr den Rechner hoch und steckte die Tigerente in den USB-Anschluss. Passworteingabe. Anja probierte: Snöri. Nichts.

„Schmeiß die sofort raus", sagte Sanchez.

„Wen? Die Tigerente?"

„Ricarda, mein Ich."

„Die ist ohne Geld und ohne Unterkunft. Wenn es dich freut, dann verrat ich dir was. Eugenides, dein schärfster Konkurrent, ist pleite. Ist irgendwo im Osten untergetaucht."

Anja tippte Snörri. Wieder nichts.

„Sie ist ein falsches Luder. Immer auf ihren Vorteil aus," sagte Sanchez nach einer längeren Pause.

„Wer ist das nicht, Miguel?"

„Sie ist von mir zu Eugenides übergelaufen. Ohne ein Wort."

„Hat ihr nichts gebracht, wie du siehst."

Nächster Versuch: Snoery. Schaut schon ganz falsch aus und ist es auch.

„Trotzdem, schmeiß sie raus. Ich trau ihr nicht", fing Sanchez wieder an. Anja drehte sich zu ihm um und schaute auf das Bild. Regungslos saß Sanchez an seinem Schreibtisch, hinter sich das Bild von sich, an seinem Schreibtisch sitzend mit dem Bild im Hintergrund.

„Sie passt auf Thomas auf, spielt mit ihm, liest im vor, geht mit ihm spazieren. Das ist eine große Erleichterung für mich."

„Bist du verrückt!" Sanchez stöhnte auf. "Die ist hinter dem Geld her, das Eugenides deinem Thomas vermacht hat."

„Wenn von dem Geld überhaupt noch etwas da ist. Ich hab so meine Zweifel."

„Schweizer Banken sind absolut zuverlässig."

„Ich will das Geld gar nicht."

„Warum denn nicht? Weil Eugenides glaubt, Thomas wär von ihm?"

„Er ist nicht von Eugenides. Schau dir Thomas an! Hundert Prozent Peter!"

Sanchez lachte. „Deswegen willst du das Geld nicht? Ganz schön dumm."

Noch ein Versuch: Snoeri – nichts. Naja, sechs Buchstaben ist meist zu kurz.

Snoerri. Jawohl! Das Dateienverzeichnis öffnete sich. Eine ganze lange Liste von Ordnern: Ibiza-Hotel-Aurora, Ibiza-Han's-Bar, Aufnahmen-Mai17, Aufnahmen-Feb18, Aufnahmen-Apr18. Anja öffnete aufs Geratewohl eine Datei: Kamera1, Kamera2, Kamera3 …

Anja tippte die erste Datei an. Die Aufnahmen zeigten eine Menge von Tänzern, unscharf. Die Kamera schwenkte hin und her. Dann wurde auf ein Gesicht fokussiert. Die Kamera folgte ihm auf einen langen Gang mit Türen auf beiden Seiten ab. Eine Tür ging auf, eine Frau ging hinein, der Mann folgte ihr. Ende.

Anja klickte auf den nächsten Film. Wieder der Mann. Sein Gesicht ganz deutlich zu sehen. Den kenn ich doch, den hab ich doch schon im Fernsehen gesehen, das ist doch, na, wie heißt er gleich wieder, der war doch neulich in der Talkshow, hat da so rumgeschimpft, das ist doch der Politiker aus ...

Miguel unterbrach sie. „Porno, phhh! Wir wollen doch nicht Porno schauen, das ist uninteressant. Klick mal auf einen anderen Ordner. Einen von den Namen. Das sind Immobilienfirmen."

Eine Tabelle öffnete sich: Namen und Zahlen, große Zahlen, 6 Stellen, 7 Stellen, Eurozeichen, Rubelzeichen, Dollarzeichen.

„Bingo!" Sanchez streckte geradezu den Hals. „Sind das Bestechungsgelder? Schwarzgelder?"

„Anja!", rief Ricarda im Flur, „wir sind wieder da!"
„Mama, Mama, ich hab Hunger!"

Anja stand auf und ging zu den beiden. „Na, dann richte ich doch gleich eine Brotzeit her. Was magst du denn?"

Sie ging mit Thomas in die Küche. Ricarda stand noch einen Moment im Flur und horchte auf das Plappern von Thomas. „Heute Nachmittag gehen wir ins Schwimmbad. Ricarda sagt, das Wasser ist ganz warm."

„Da kannst du ja schwimmen lernen, Thomas."

„Ricarda sagt, tauchen ist auch ganz wichtig."

Leise öffnete Ricarda die Tür zum Büro. Der PC summte. Anscheinend hatte Anja grad daran gearbeitet. Ricarda scrollte durch die Dateien. Das war ja was! Wie kam denn die brave Anja an solche Dateien? Aha, ein Memorystick steckte im USB-Fach. Ohne zu zögern zog Ricarda den Stick ab und steckte ihn in die Tasche ihrer Jeans. Dann fuhr sie den PC herunter.

„Ricarda, kommst du auch? Wir essen auf der Terrasse", rief Anja.

„Komme gleich", rief Ricarda.

Hermann ist grantig, ziemlich grantig. Weil auch alles schief geht. Er hatte seinen Neffen gebeten, ihm Zug und Schiff nach Irland zu buchen. Denkste! Was macht der Idiot, Volldepp, das Arschloch usw.? Er bucht einen Flug! Weil, der Flug ist viel billiger und man ist dann auch in drei Stunden dort, statt zwei Tage und zwei Nächte unterwegs zu sein. Der hat doch keine Ahnung, was es heißt, unterwegs zu sein. Unterwegs sein, das ist es ja gerade, das ist es, was das Reisen ausmacht. Da könnte man sich doch gleich an einen anderen Ort beamen lassen! Und, wäre das dann was? Nein, am besten man beamt sich dann gleich wieder heim.

Außerdem ist Fliegen nichts für Hermann. Die engen Sessel, man kann die Beine kaum ausstrecken, links und rechts und hinter und vor einem sitzt irgendwer und mustert einen von oben bis unten, man muss sitzen bleiben, sich anschnallen! Anschnallen ist das Letzte. Grad dass man nicht gefesselt wird. Steht man trotzdem auf und geht ein bisschen auf und ab um sich die Beine zu vertreten, dann kommt so ein Vogerl angehupft und zwitschert was von Sicherheitsvorschriften und so. Nein, mir gehst. Zug ist besser. Da kannst von vorn bis hinten gehen und wieder zurück und dann setzt du dich dahin, wo du grad magst.

Allerdings, in den modernen Zügen kann man nicht einmal mehr das Fenster aufmachen, um frische Luft hereinzulassen. Schiff ist viel besser. Da bläst dir der Wind um die Nase und reißt dir fast die Haare vom Kopf und überhaupt die Wellen und der Schaum hinter dem Schiff und das Brummen des Diesels. Nein, das Flugticket, das kann er sich sonst wohin stecken. Hermann wird nicht fliegen. Und nach Irland schon gar nicht. Wie ist er nur auf diese Schnapsidee gekommen. Irland. Da regnet es doch dauernd. Wo soll er da schlafen? In einem Hotel womöglich?

Nein, Hermann wird nach Süden fahren. Italien, Kroatien, Griechenland. Vielleicht mit dem Zug nach Sizilien und dann mit dem Schiff nach Afrika? Hermann muss noch ein bisschen nachdenken, was er wirklich will. Und erst nächste Woche fahren. Oder gar erst, wenn das Bürgerfest vorbei ist, denn das

Bürgerfest in Unterhaching, das will er heuer nicht verpassen.

Außerdem muss er zu Anja, auf das Buberl aufpassen. Die wird froh sein, die Anja, wenn er kommt. Er hat ihr zwar gesagt, dass er nicht kommt, aber sie wird sich freuen, wenn er nun doch kommt. Und der Thomas wird sich auch freuen.

Zuerst aber braucht er Stärkung. Am Bahnhof kauft er im Supermarkt sechs Flaschen Bier. Vier stopft er sich in die Taschen seines Parkas, den er trotz der Hitze trägt. Eine Flasche trinkt er sofort und fast in einem Zug. Die leere stopft er in den nächsten Papierkorb. Dann macht er sich auf den Weg zu Anja. Langsam, Schluck für Schluck trinkt er unterwegs die zweite Flasche aus. Anja wird fuchtig, wenn er angeheitert ist. Aber heute muss sie froh sein, wenn er kommt und ohne Stärkung ist er einfach nicht in der Lage, Anja und ihren Buben zu ertragen.

Kurz vor dem Haus tut er den letzten Schluck. Die leere Flasche versteckt er am Straßenrand im Gras. Die wird er auf dem Heimweg wieder mitnehmen. Jetzt geht er die Einfahrt hinauf und klingelt. Gleich wird ihm Anja öffnen. Er unterdrückt ein Aufstoßen. Das kalte Bier ist seinem Magen nicht ganz bekommen. Aber seinem Hirn hat es gut getan. Hoffentlich riecht Anja nicht gleich das Bier.

Aber das ist gar nicht Anja, die ihm die Tür aufmacht. Das ist eine ganz andere, ein richtiger Feger, mit so einem Busen in einer engen Bluse und einer engen Hose, die richtig spannt, und barfuß.

Hermann ist ganz baff. Keinen Ton bringt er heraus. Zum Glück kommt gleich der Thomas daher und springt auf ihn. Hermann kann ihn grad noch fangen und verliert beinahe das Gleichgewicht.

„Hermann! Hermann!", jubelt Thomas. „Wir spielen Fußball, gell? Du spielst mit mir Fußball. Ich zieh mir gleich die Schuhe an."

„Ah", sagt die andere, „Sie sind der Hermann! Schön, Sie kennen zu lernen. Hab schon von Ihnen gehört."

„Und wer bist nacha du?", bringt Hermann endlich heraus.

Die andere lacht. „Ich bin die Ricarda. Ich bin das neue Kindermädchen."

„Da hätt i ja gar ned kemma miassn."

„Doch, doch. Es ist gut, dass Sie da sind. Thomas und ich haben gerade ein paar Probleme. Wir müssen uns erst an einander gewöhnen."

Hermann nickt als ob er das verstanden hätte. Dann hängt er Parka und Hut an die Garderobe.

„Oiso, Thomas, du bist da Torwart."

Die Nacht war sternenhell, aber ohne Mond. Anja konnte nicht schlafen. Vollmond als Ausrede entfiel, also konnte es nur zu viel Kaffee gewesen sein. Das Rauschen des Windes in der großen Fichte vor dem Haus übertönte das Dröhnen der Autobahn. Anja stieg aus dem Bett und schaute aus dem Fenster. Hinter den Feldern die Lichter des Baumarktes, des Pflanzenmarktes, des Supermarktes. Warum waren die Parkplätze nachts hell erleuchtet? Jetzt kamen keine Kunden. Dafür fanden Liebespärchen kein dunkles Plätzchen mehr.

Ihre Füße waren kalt. Also zog sie Socken an und kroch wieder ins Bett. Peter an ihrer Seite seufzte tief im Schlaf. Der hatte es gut! Schlief tief und fest und merkte es gar nicht, dass sich Anja neben ihm hin und her wälzte. Sie stand wieder auf. Sie war einfach zu munter um zu schlafen.

Auf Socken schlich sie hinunter in die Küche. Sie goss Milch in eine Tasse, wärmte sie in der Mikrowelle und rührte Schokoladenpulver hinein. Sie löschte das Küchenlicht und trug ihre Tasse ins Wohnzimmer. Sie setzte sich auf die Couch, zog die Beine unter sich und schlürfte behaglich ihren Kakao. Erst als sie die Tasse absetzte, merkte sie, dass sie nicht allein war. Über Eck, auf der anderen Couch saß Wally Gerstleitner, die Vorbesitzerin des Hauses. Ihre weißblonden Haare lagen in lockeren Wellen um den Kopf. Neben ihr auf der Couch stand die unvermeidliche Handtasche, die sie immer geschwungen hatte, um ihren Forderungen Nachdruck zu verleihen.

„Guten Morgen, Wally", murmelte Anja, senkte den Blick in die Kakaotasse, rührte und rührte. Trank einen Schluck und noch einen. Wally war immer noch da.

Die Fichte vor dem Fenster ächzte und stöhnte.

„Irgendwann fällt uns die um", sagte Anja.

Wally saß da und lächelte.

„Wie kann ich die Regine überzeugen, dass der Baum gefällt werden muss?"

Wally zuckte mit den Schultern.

Wieder ein Schluck Kakao. Anja stand auf, ging zum Schrank und holte die Rumflasche heraus. Sie goss einen Schuss Rum in die Tasse.

„Kakao schmeckt mir eigentlich gar nicht. Hab ich mir nur gemacht, weil man davon angeblich schlafen kann. Aber ich kann nicht schlafen. Es geht mir so viel im Kopf herum. Hauptsächlich, ob es richtig war, Ricarda aufzunehmen. Aber wenn ich mir vorstelle, ich wäre an ihrer Stelle auf die Jacht gegangen und stünde jetzt mittellos da – wo wäre ich denn hingegangen? Zu Regine oder zu Frau Jelinek wahrscheinlich. Und hätte gehofft, dass sie mich aufnehmen. Hätte ja sein können. Beinahe wäre ich an ihrer Stelle. Jahrelang hab ich mich über meine Dummheit geärgert, dass ich nicht zugegriffen hab, dass ich die Chance vorbei gehen hab lassen. Und jetzt, jetzt war ich doch die Schlauere. Mittellos irgendwo in Georgien – ein Horror. Und mittellos und ohne Unterkunft in München – nicht viel besser."

Wally schaute zum Fenster hinaus. Hörte sie überhaupt, was Anja sagte? Egal.

„Seit Jahren wurmt es mich, dass ich damals Eugenides nicht auf der Stelle zugesagt habe. Da hat er eben die Ricarda mitgenommen. Und ich bin hier in Unterhaching. Wie oft denk ich mir, nichts wie weg hier. Und doch – ist es woanders anders? Es lässt sich hier leben, gut leben. Alles da, was man so braucht. Wie war das bei dir, Wally? Hier geboren, hier aufgewachsen, hier gestorben. Dein ganzes Leben hast du in Unterhaching verbracht. Dabei haben dich die Unterhachinger nicht mögen. Weil du gegen alles warst, gegen neue Gewerbegebiete, gegen neue Großmärkte, gegen neue Straßen – die Kämpferin für den Erhalt der Natur. Für die Krähen, für die Kröten, für die Igel. Bist du nicht manchmal verzweifelt und hast dir gedacht, rutscht mir den Buckel hinunter, es gibt Gegenden, wo es sich mehr lohnt, sich für die Natur einzusetzen."

Wally lächelte schief.

„Wolltest du bei deinen Freundinnen sein? Vevi, Thea, Elfriede? Regine?"

Wally schien zu lachen. Tonlos. Wally gab nie einen Ton von sich. Wally sprach nicht, schnitt nur Gesichter oder spazierte durchs Haus, manchmal sogar um Anja etwas zu zeigen, das Versteck im Keller zum Beispiel.

„Vielleicht sollte ich doch dein Tagebuch lesen. Bis jetzt hab ich mich geniert. Ich wollte nicht neugierig sein, wo du doch irgendwie bei uns bist."

Wally nickte.

„Soll ich es lesen?"

Wally nickte nochmals.

„Na dann, wenn ich Zeit habe, lese ich es. Aber jetzt gute Nacht." Wally wurde durchsichtig und verschwand.

Anja trug die Tasse in die Küche, schlich die Treppe hinaus ins Schlafzimmer und kroch ins Bett. Sie schlief sofort ein.

Wenn nicht die Tasse mit einem Rest Kakao und starkem Rumgeruch am Morgen in der Küche gestanden wäre, Anja hätte nicht geglaubt, dass sie nachts wach gewesen war und mit Wally geredet hatte.

Regine. Die schönsten Tage waren die, wenn keine Sonne schien, der Himmel von Wolken überzogen war. Dann gehörte Regine das Becken alleine. Gut, unten im Schwimmerbecken zogen die Sportlicheren ihre Bahnen. Die schauten nicht aufs Wetter. Aber im oberen (und wärmeren) Becken, war niemand. Die Rutsche war abgestellt und die Wasserfläche spiegelglatt. Nur von Regine aus liefen kleine Wellenriffel über die Oberfläche. Regine drehte sich auf den Rücken. Schwarze Vögel flogen unter dem grauen Himmel. Was heißt grau! So viele Schattierungen von fast weiß über blaugrau bis dunkel. Sie sollte ein Bild malen in diesen Farben. Und mit den Silhouetten der Vögel …

Platschen weckte sie auf. Regine drehte sich in Brustlage, verschluckte Wasser, hustete.

„Guten Morgen, Schatz!"

„Du schon wieder", krächzte Regine.

„Das ist aber nicht die Begrüßung, die ich erwartet habe. Freust du dich denn gar nicht, dass ich da bin?"

„Nein, schleich dich."

„Aber, Regine! Wer wird denn so schroff sein. Wir hatten es doch so schön miteinander. Wundert es dich, dass ich mich wieder mit dir versöhnen will?"

Regine hustete noch einmal, dann hatte sie sich wieder gefasst.

„Richard, bitte, lass mich einfach in Ruhe. Akzeptiere, dass es aus ist zwischen uns."

„Du hast einen Neuen?"

„Nein. Es ist einfach aus zwischen uns beiden."

Regine schwamm mit einigen Zügen Richtung Bademeister. Irgendwie hatte sie Angst vor Richard. Jetzt war es von Nachteil, dass keine anderen Badegäste da waren, die ihnen zuhören könnten. Aber der Bademeister schaute gerade ins andere Becken, schaute demonstrativ ins andere Becken. Um das alte Pärchen nicht zu stören?

Richard watschelte hinter Regine her.

„Natürlich hast du einen Neuen! Ich hab ihn doch gesehen! Einen jungen Kerl, der bei dir ein und aus geht."

Regine drehte sich um.

„Jetzt spinnst du aber. Der mäht mir den Rasen, putzt die Fenster, repariert die Wasserhähne. Oder willst du das machen?"

„Ein Wort von dir, und ich hätte das auch gemacht. Du weißt, dass ich alles für dich tue, worum du mich bittest."

„Und womit muss ich dich bezahlen? Der junge Mann ist mit Geld zufrieden."

„Haha, jetzt hast du dich verraten, Regine! Du zahlst ihn dafür, dass er es dir macht!"

„Richard du bist verrückt. Lass mich bitte in Ruhe."

Regine hatte die Leiter erreicht und kletterte aus dem Becken. Sie schnappte sich Handtuch und Tasche, stieg mit nassen Füßen in ihre Sandalen. Da war Richard schon wieder neben ihr.

„Bitte, liebe Regine, lass uns miteinander reden. Es sind doch nur Missverständnisse. Wir können es doch wieder schön miteinander haben."

Regine zögerte.

„Bitte, komm heute Nachmittag zu mir. Bitte."

Regine schüttelte den Kopf.

„Nein, Richard. Mach dir nichts vor. Es ist aus zwischen uns."

Richard trat noch einen Schritt auf Regine zu. Regine wich zurück.

„Komm zu mir, Regine."

Regine schaute sich um. Kein Mensch weit und breit. Der Bademeister ging am unteren Becken entlang.

„Gut", sagte sie. „Heute Nachmittag. Aber nicht bei dir. Bei mir."

„Danke, Regine! Danke."

Er griff nach Regines Tasche, um sie ihr zu tragen.

„Lass mich gehen. Ich will nicht mit dir gesehen werden."

„Verstehe ich. Also dann! Bis heute Nachmittag."

Daniel. Ich ziehe gerade im Flur die Schuhe aus, da höre ich Regine nach mir rufen.

Ich öffne die Tür.

Regine hockt am Boden, eine Decke um die Schultern. Ihr Gesicht verschwollen, die Lippe blutig. Neben ihr liegt ein Mann mit nacktem Unterleib. Es stinkt nach Urin. Regine versucht aufzustehen. Ich helfe ihr, führe sie zur Couch. Sie packt meine Hand.

„Du musst mir helfen, Daniel."

Ich koche ihr einen Kaffee, rühre drei Löffel Zucker und Milch hinein. Sie hält die Tasse mit beiden Händen und trinkt ihn gierig. Wegen der zerschlagenen Unterlippe läuft ihr Kaffee übers Kinn. Ich hole Küchentücher und einen Eisbeutel aus dem Gefrierschrank im Keller.

Der Mann am Boden regt sich nicht. Seine Hose liegt neben ihm, ein Ledergürtel neben seiner Hand.

„Hat er dich geschlagen?", frage ich.

Regine nickt. „Ein Liebhaber", sagt sie, „ein Ex." Sie wollte ihn nicht mehr, weil er ihr ständig Vorschriften macht, tu dies nicht, tu das, rede anders, denke anders. Er ohrfeigt sie. Da hat sie Schluss gemacht. Er wollte sie weiterhin. Ist gekommen, um sich auszusprechen. Hat sie geglaubt. Gutgläubig wie sie ist. Sie kennt ihn doch. Aber dann ist es schlimmer als zuvor. Er verlangt, dass sie ihn um Verzeihung bittet, verlangt, dass sie am Boden kniet. Zieht den Gürtel aus seiner Hose und verkündet: Du musst bestraft werden. Regine muss sich ausziehen. Er schlägt sie mit dem Gürtel auf das Hinterteil. Wut steigt auf. Unbändige Wut. Wut auf den Mann, Wut auf sich selbst. Sie springt auf. Der Gürtel trifft sie ins Gesicht. Der Mann fällt auf den Boden. Regine stürzt auf ihn.

„Hat sich den Kopf angeschlagen", stelle ich fest.

Regine schüttelt den Kopf.

Ich untersuche die Leiche.

„Du hast die Halsschlagader abgedrückt."

Regine nickt nur.

Ich ziehe ihm die Hose an und die Schuhe. Verfrachte ihn in sein eigenes Auto. Zwei Säcke mit Gartenabfällen packe ich dazu.

Regine hat geduscht. Zusammen machen wir sauber. Wortlos.

Als es dunkel wird, fahre ich den Wagen weg. Vom Joggen her kenne ich eine Stelle am Rande der Felder, wo Leute immer Gartenabfälle abladen. Dichtes Gebüsch wächst dort. Ich ziehe die Leiche ein ganzes Stück hinein. Mit den Gartenabfällen decke ich ihn zu.

Das Auto fahre ich dann nach Brunnthal. Dort stelle ich es auf dem Parkplatz vor dem Bowlingcenter ab. Den Schlüssel lasse ich stecken. Meine Handschuhe und die Abfallsäcke verteile ich auf verschiedene Abfalleimer.

Dann gehe ich ins Fitness-Center. Kaufe einen neuen Trainingsanzug und neue Turnschuhe. Lasse alles gleich an. Das alte Zeug wandert in den Müll.

Regine holt mich ab.

Es regnet die ganze Nacht. Sehr gut!

Ricarda. Thomas ist schon wieder verschwunden. Wahrscheinlich spielt er am Piratenschiff. Ich kann sicher sein, dass er nicht im Wasser ist, so wasserscheu wie er ist. Ich weiß nicht, wie ich ihm das Schwimmen beibringen soll. Wie ich ihn überhaupt ins Wasser locken soll. Beim kleinsten Spritzer verzieht er das Gesicht und will raus. Und gespritzt wird immerzu und überall. Das Becken ist voller Kinder, voller Kinder, die toben und springen und spielen. Bei den meisten ist Schwimmen Fehlanzeige. Sie toben halt und halten irgendwie die Nase über Wasser. Wenn Thomas wenigstens das machen würde. Aber nein, er geht gar nicht erst ins Wasser. Aber ich gehe jetzt schwimmen.

Das Wasser hier ist wunderbar. So sauber, ich glaube, das kann ich ohne Weiteres trinken. Wenn ich da an unseren letzten Liegeplatz denke …

Müll überall, Plastikfetzen, Flaschen, Küchenabfälle rund ums Boot, dazwischen auch einmal eine tote Ratte. Ölschlieren, ein gruseliger gelber Schaum. Da hätte ich nicht einmal den großen Zeh hineingehalten. Warum war ich so blöd und bin so lange dort geblieben? Als dann Harry, mit dem Gesicht nach unten in der Brühe schwamm, hab ich es endlich erfasst, was da los ist und bin weg.

Hier ist es besser, nicht nur das Wasser. Wenn nur erst der Geldtransfer klappt! Als erstes kaufe ich mir einen Notebook oder ein Tablett, um mir den USB-Stick anzuschauen. Ob Anja überhaupt gemerkt hat, was da drauf ist? Die ist ja so was von unbedarft. Der ist vielversprechend. Auf meinem Uralthandy sieht man ja nichts. Ein Smartphone kauf ich mir auch, das neueste Modell. Und Schuhe, zwei Paar mindestens. Ich hasse diese Treter, die Anja mir geliehen hat.

Und am Abend gehe ich aus. Anja ist ja eh zuhause, da kann sie ihrem Fratzen selber die Gutenachtgeschichte vorlesen. Ihren Peter kann sie auch behalten, auch wenn er mich noch so anschmachtet. Der ist doch nur noch auf seine Firma fixiert. Ein Bäuchlein legt er sich auch schon zu.

Hoppla, da kommt Thomas an der Hand eines Mannes. Muskulöser Typ. Was will der mit Thomas? Wo gehen die hin? Jetzt aber schnell aus dem Wasser. Ich renne die Stufen hinauf zum oberen Becken.

Thomas ist mit dem Mann im Wasser und steuert das Warmwasserbecken an. Thomas hat die Arme um seinen Hals gelegt. Tja, mein wasserscheuer Kerl!

„Thomas!", rufe ich laut, so laut ich kann. Aber in diesem Lärm hört mich niemand. Hilft nichts, ich muss auch in dieses Becken voller kreischender Kinder und Thomas hinterher. Endlich habe ich sie eingeholt. Thomas liegt halb im Wasser und versucht Schwimmbewegungen zu machen. Der Typ grinst mich an. Wie ein Schulbub.

„Thomas, was machst du denn hier?" Thomas lacht. „Du kannst doch nicht einfach mit einem fremden Mann ins Wasser gehen."

Thomas schluckt Wasser, taucht auf, geht unter, taucht wieder auf, klammert sich fest.

„Hallo, ich bin Daniel. Thomas und ich kennen uns. Wir haben uns bei Regine kennengelernt."

Ich packe Thomas am Arm.

„Ich will ihm Schwimmen beibringen", sagt der Typ.

„Das versuche ich schon seit einer Woche. Sie haben es wenigstens geschafft, ihn ins Wasser zu bringen."

„Tauchen, Thomas, Mund zu, Luft anhalten und runter."

Und Thomas taucht unter und taucht wieder auf. Wischt sich das Wasser aus dem Gesicht.

„Merkst du, wie schwer das ist, runter zu kommen? Es treibt dich immer wieder nach oben."

Thomas zittert, aber er nickt und probiert es gleich wieder.

Nach diesen ersten Versuchen gehen wir ins Almcafe. Thomas bekommt Pommes, Daniel und ich trinken Kaffee. Er mustert mich offen.

„Irgendwo hab ich dich schon einmal gesehen", sagt er.

„Ich wüsste nicht wo."

„Berlin?"

„Bestimmt nicht. War schon Jahre nicht mehr in Berlin."

Falls der mit mir was anfangen will, hat er sich gebrannt. Meint der, ich falle drauf rein, dass er gut mit Kindern umgehen kann? Ich suche keinen Papi für mein Kind. Wenn, dann brauche ich einen Bodyguard.

Endlich wieder schönes Wetter, endlich kein Regen mehr, endlich konnte man am Abend draußen sitzen.

Das Rauschen der nahen Autobahn, die Lichter der Großmärkte auf der anderen Seite der Felder, Musikgedudel aus den Nachbarhäusern – Thomas schlief am Tisch ein. Auf einmal war sein Kopf auf die Platte gesunken. Peter trug ihn ins Bett.

Ricarda tippte auf ihrem Handy herum.

„War Thomas denn brav heut?", fragte Anja.

„Jaja, kein Problem. Er hat im Sandkasten mit dem Bagger gespielt."

„War denn nicht der Sand zu nass?"

„Doch, aber er wollte unbedingt im Sand spielen. Weil man mit dem nassen Sand besser arbeiten kann, hat er gesagt."

„Morgen beginnt das Bürgerfest."

„So ein Glück, dass das Wetter rechtzeitig besser geworden ist."

„Regine hat uns alle für Sonntag Mittag ins Festzelt eingeladen. Du gehst doch auch mit?

„Klar gehe ich mit."

Peter kam mit einer Flasche Rotwein und drei Gläsern zurück.

„Übrigens", sagte er, während er den Wein eingoss, „dein Auto, Ricarda, das steht in der Tiefgarage am Rathausplatz."

„Echt? Mein kleines, süßes, gelbes Auto? Das gibt es noch?"

„Wir sind kaum damit gefahren", sagte Anja. „Es ist nämlich kaputt. Irgendwas im Getriebe. Und die Ölwanne ist auch undicht."

„Ach, das lassen wir richten."

„Genau das ist das Problem", gestand Peter. „Die Automechaniker hier herum richten ihn nicht, weil sie keine Ersatzteile haben."

„Das kann doch nicht so schwer sein, sich die schicken zu lassen."

„Man bräuchte einen Bastler, der sich darauf versteht, sagen sie."

„Stoßen wir erst einmal an! Auf mein kleines gelbes Auto! Danke, dass ihr es aufgehoben habt."

Dann saßen sie schweigend da, schauten zu, wie immer mehr Sterne herauskamen.

Als Anja ihr Glas ausgetrunken hatte, sagte sie Gute Nacht und ging ins Bett. Peter blieb mit Ricarda auf der Terrasse sitzen und goss sich und ihr noch ein Glas ein. Obwohl das Fenster offen war, konnte Anja das Murmeln von Peter und Ricarda nur hören, aber kein Wort verstehen. Vielleicht sprachen sie ja darüber, dass Ricarda sich einen Job suchen sollte, vielleicht redeten sie auch über etwas ganz anderes. Aber selbst wenn Ricarda einen Job gefunden hatte, würde sie noch eine Weile bei ihnen wohnen wollen, war es doch noch viel schwieriger, eine Wohnung zu finden. Plötzlich empfand Anja einen Stich Eifersucht. Warum nur war sie so dumm gewesen, Ricarda aufzunehmen? Jetzt spielte sie tagsüber mit Anjas Kind, während Anja arbeitete und abends saß sie mit Anjas Mann auf der Terrasse und trank Wein, während Anja schon müde war und ins Bett ging. Tränen traten ihr in die Augen. Am liebsten wäre sie aufgesprungen und hätte zum Fenster hinaus geschrien: „Scher dich zum Teufel!" Stattdessen zog sie die Decke über den Kopf und schluchzte ins Kissen.

Es war zu heiß unter der Decke. Anja schlug sie zurück, setzte sich auf und wühlte unter dem Kissen nach einem Taschentuch. Draußen auf der Terrasse hörte sie Ricarda lachen. Peter brummte etwas. Dann scharrten die Stuhlbeine und kurz darauf hörte sie die Badezimmertür. Schnell drehte sie sich auf die Seite und als Peter ins Zimmer kam, stellte sie sich schlafend. Peter schlief schnell ein, aber Anja lag noch lange wach.

Oder glaubte jedenfalls, sie wäre wach gelegen. Tatsächlich wachte sie auf, weil sie Ricardas Handy-Melodie dudeln hörte. Draußen. Auch Ricardas Stimme war zu hören, klar und deutlich, direkt unter dem Schlafzimmerfenster.

„Nein ... nein ... habe ich noch nicht gefunden - fürchte, da find ich auch nichts". Ricarda lachte. „Weil es nichts zu finden gibt ... ziemlich naiv ... ja, einfach gestrickt ... keine Ahnung von nichts ... ehrlich, das auch ... also gut, eine Weile noch ... aber ich versprech mir nichts davon ... Ciao ... Du auch!"

Dann schnappte die Verriegelung der Terrassentür zu, Ricarda schlich die Treppe herauf, wobei die dritte Stufe knarzte, und während Ricarda im Bad war, schlief Anja ein.

Hermann hatte im Landschaftspark übernachtet. Es war eine warme Nacht gewesen, allerdings nicht sternenklar, sondern eher dunstig. Als er aufwachte, hatte er einen Brummschädel – nicht nur von der Sonne, die durch den Dunst stach, sondern auch vom reichlich genossenen Bier. Er rollte den Schlafsack zusammen, und verstaute ihn im Rucksack. Die leeren Bierflaschen klingelten in einer Plastiktüte und so schlurfte er langsam und missmutig nach Hause. Er wollte in sein Zimmer hinauf schleichen. Doch ausgerechnet da kam Frau Jelinek mit Putzeimer und Wischmop bewaffnet aus dem Badezimmer. Sie musterte ihn kühl von oben bis unten. Kein guter Tag, das wusste er gleich. Duschen konnte er streichen. Besser er ging in den Garten und spritzte sich mit dem Gartenschlauch ab. Wenn er ihn in der Sonne ausbreitete, hatte er sogar warmes Wasser.

„Kannst du bitte die Rosen gießen", sagte Frau Jelinek.

Hermann ging hinaus in den Garten. Sein Neffe stand trübsinnig am Teich und starrte ins Wasser. Einer der Kois trieb mit dem Bauch nach oben in der Mitte.

„Oh je", sagte Hermann.

„Das war der schönste von allen."

Dann wandte er sich mit grimmiger Miene an Hermann. „Du und deine Frau Jelinek, ihr habt wieder einmal Unkrautvernichter gesprüht, letzte Woche und der Regen hat alles in den Teich gewaschen."

Hermann zuckte zusammen. Ja, der Unkrautvernichter, da hatte er leider etwas zu viel erwischt. Hermann holte den Kescher aus dem Schupfen und versuchte, den toten Fisch zu erreichen.

„Pass auf, dass du mir nicht in den Teich fällst. Von deinem Bierdunst verrecken sonst auch noch die restlichen zwei."

Die Mahnung kam einen Moment zu spät: mit einem Platsch landete Hermann im Teich. Im Fallen schlug er noch mit dem Kopf an den Holzsteg. Rote Schlieren bildeten sich auf dem Wasser. Hermann tauchte auf, hustete und wischte sich das Gesicht ab. Eberhard streckte seine Hand aus, grub seine Fersen in das matschige Ufer.

„Ich habs dir doch gesagt, du sollst ... du blutest ja am Kopf!"

Hermann griff sich an den Scheitel und betrachtete seine blutige Hand. Mittlerweile rann ihm auch das Blut übers Gesicht.

„Da hat mi was gstriffa, grad wia i ausgrutscht bin."

Er wollte Eberhards Hand ergreifen, aber der hatte sie schon zurückgezogen und rannte zur Terrassentür: „Frau Jelinek! Den Notarzt! Wir brauchen den Notarzt! Hermann verblutet!"

Währenddessen kroch Hermann auf allen Vieren ans Ufer. Mit zitternden Knien stand er auf und betrachtete irritiert die roten Rinnsale, die an ihm herab liefen.

„Wia damals, damals in Australien", murmelte er noch. Dann sank er in sich zusammen. Es war definitiv ein schlechter Tag.

Daniel. Das also ist eines der berühmten bayrischen Bierfeste. Nicht das Oktoberfest, viel kleiner, nur ein Zelt und ein paar Buden, ein paar Vergnügungsmaschinen. Eine Blaskapelle auf der Bühne: wie aus dem Bilderbuch, grüne Jacken, grüner Hut mit Federn und blitzende Messinginstrumente. Bayrische Musik. Leider viel zu kurz. Sie sind schon beim letzten Lied und marschieren ab. Eine neue Band springt auf die Bühne: Lederhose und Ringelhemd, die üblichen Instrumente: E-Gitarre, Schlagzeug, Keyboard und eine Sängerin mit blauen Haaren. Diskomusik mit bayrischem Einschlag. Interessant. Ein paar spezielle Lieder, bei denen alle Einheimischen mitsingen. Texte verstehe ich nicht. Einzelne Wörter ja, aber der Zusammenhang. Traktor? Fisch im Wasser? Dazu hüpfen die Musiker auf der Bühne hin und her. Immer wieder „Oans, zwoa, gsuffa", bei dem alle Bierkrüge aneinander krachen. Und ein bisschen Publikumsanimation „die Hände hoch" usw. Bis alle auf den Tischen stehen und schunkeln, wieder herunter springen und trinken. Bier, keinen Wodka. Der eine oder andere geht schon sehr schwankend. Ich muss innerlich lachen. Bayern und Russen – so groß ist der Unterschied gar nicht.

Regine hat extra einen Tisch auf der Veranda reservieren lassen, weil es im Zelt viel zu laut ist. Aber unser Tisch ist genau unter dem Lautsprecher, der die Veranda beschallt. Wozu reden. Regine ist schon seit Tagen sehr schweigsam. Es geht ihr nicht gut. Mörderin aus Versehen – ach, Regine! Wenn du wüsstest, wer bei dir wohnt!

Alle Frauen tragen Dirndl, vom kleinen Mädchen bis zu den alten Schachteln Regine und Elfriede. Nur Ricarda trägt kein Dirndl, sie trägt eine Bluse, die ihre Schultern und den halben Busen frei lässt und dazu eine Lederhose. Wahrscheinlich ist es die von Herrn Hertlich, der trägt nämlich eine Jeans.

Auch Anja ist im Dirndl. Ein sehr vornehmes Dirndl, hochgeschlossene Bluse und ein grünes Mieder. Ich kann meine Augen kaum von ihr losreißen. Immerzu muss ich sie anschauen. Wegen des Lärms kann man sich nicht unterhalten. Alle schreien am Tisch hinüber und herüber, aber ich verstehe nichts. Und so muss ich Anja anschauen.

Regine spendiert ihrer „Familie" gebratene Hendl und einen großen Krug Bier. Thomas sitzt vor einem Teller Pommes frites und einer großen Flasche Ketchup. Das Hähnchen ist nicht sehr groß. Die Haut ist schön knusprig. Anja allerdings hört zu essen auf. Sie zeigt mir, dass an den Knochen das Fleisch noch rot ist – nicht durchgebraten. Meines ist ziemlich trocken, wohl längere Zeit am Grill gebraten. Ricarda flirtet heftig mit Anjas Ehemann. Regine, die eben noch so fröhlich gewesen ist, runzelt missbilligend die Stirn. Anja steht auf, um mit Thomas eine Runde zu drehen. Ich schließe mich ihr an.

Ich fahre mit Thomas Autoscooter und Anja winkt uns vom Rand aus zu. Wir drehen ein paar Runden auf der „Wilden Hummel", Thomas zwischen uns eingeklemmt. Anjas Haare fliegen im Wind. Am Schießstand schieße ich drei rote Rosen für sie, die sie in ihr Mieder steckt. Und einen Stoffhund für Thomas. Am Kinderkarussell fährt Thomas mit dem Feuerwehrauto und mit dem Hubschrauber. Ich lege meinen Arm um Anja. Es ist gut so.

Wir gehen zurück zu den anderen. Hertlich und Ricarda sind verschwunden. Regine trommelt mit den Fingern auf die Tischplatte. Ein gewisser Hermann kommt und begrüßt Anja und Thomas, umarmt die beiden. Er trägt einen Kopfverband. Eberhard, ein blasser junger Mann, ist mit ihm gekommen. Thomas trinkt gierig seine Limonade. Der Rundgang hat ihn durstig gemacht. Anja lächelt mich an.

In dem Moment fällt mir ein, wo ich Ricarda schon einmal gesehen habe: In Athen, in einem Restaurant am Hafen, einem teurem Restaurant. Als Begleiterin eines schwer reichen Geschäftsmannes. Ich war damals Bodyguard. Auf dem Heimweg sagte mein Chef zu mir: „Irgendwann kriegst du den Auftrag, den Typen und seine Marylin umzulegen, ich schwörs dir."

Hermann und Eberhard kamen erst, als es schon allmählich dunkel wurde, Hermann mit Kopfverband.

„Was hast du denn angestellt?", fragte Anja.

„Ogschossn hams mi", sagte Hermann.

Aber Eberhard verkündete laut: „Beim Koi Herausfischen ist er in den Gartenteich gefallen und die Koi haben ihn angefressen."

„So ein Schmarrn", widersprach Hermann, „a Streifschuss war des und mit siebn Stich hat mi da Doktor gnaht."

„Gibs schon zu, Hermann, die Kois haben sich am Boden im Schlamm versteckt und wie du nach ihnen gesucht hast, haben sie dich überfallen."

Alle lachten.

„Aba i hab an Schuss gheat."

„Quatsch, ich hab keinen Schuss gehört", sagte Eberhard.

Hermann machte ein beleidigtes Gesicht. Die Kellnerin brachte ihm ein Bier und er leerte mit einem Zug den halben Krug.

Ricarda und Peter tauchten wieder auf.

„Mein kleines gelbes Auto steht da vorne in der Tiefgarage!", strahlte Ricarda. „Sobald ich einen Job habe und Geld verdiene, lasse ich es reparieren."

„Wisch dir wenigstens den Lippenstift von der Wange", sagte Elfriede zu Peter. Peter holte ein Taschentuch aus dem Hosensack und wischte seine Wange ab, obwohl da gar keine Spur war. Alle lachten. Außer Anja.

Hermann setzte sich zu Peter und wisperte: „Ehrlich, da hat wer auf mi gschossn. I hab des Projektil aus der Schupfnwand kratzt." Er holte etwas aus der Tasche und zeigte es ihm unter dem Tisch.

„Das ist doch kein Projektil", sagte Peter.

„Was is es dann?"

Peter wendete das Stück hin und her. „Keine Ahnung. Aber ein Projektil ist es nicht."

„Ich fahr furt", erklärte er leise, „ich hab Angst. Hier in Unterhaching wui ma oana ans Lebn. Der Eberhard hat mia scho an Flug bucht. Sobald des Bürgerfest zu End is, bin i fuat. Aba verrats neamd ned, i bitt di."

Thomas kletterte über Peter auf Hermanns Schoß. „Gehst mit mir zum Spielplatz?", bettelte er.

„Na, Thomas, da muasst nu a weng wartn. Erst brauch i no a Bier. Und mei Hendl kimmt a glei. Späta dann."

„Ah, i mag aba glei." Die Mundart von Hermann färbte auf Thomas ab.

„Ich geh mit ihm", bot Daniel an.

„Bleib sitzen", sagte Regine, „jetzt bin ich dran."

Im Zelt wurde auf den Gängen getanzt. Daniel bat Anja, mit ihm zu tanzen. Anfangs klappte es nicht so recht. Anja stolperte über ihre eigenen Füße. Dann stießen sie noch gegen eine Bierbank, die in den Gang hineinragte. Tränen traten ihr in die Augen. Daniel drückte sie fest an sich und auf einmal klappte es, auf einmal waren sie im Takt. Daniel hielt sie fest, so dass sie beinahe schwebte. Er flüsterte ihr ins Ohr. Aber die Musik war so laut, dass Anja kein Wort verstand. Oder verstand sie nichts, weil er auf russisch flüsterte? Oder wollte sie die Worte nicht verstehen? Sie tanzten bis die Band eine Pause machte.

Ricarda wollte mit Peter tanzen, aber er schüttelte nur den Kopf. Dann unterhielt er sich weiter mit Ricarda. Hermann stierte nur in seinen Bierkrug. Eberhard setzte sich an einen anderen Tisch zu Freunden.

Es war schon spät. Anja wollte heimgehen, endlich kam Regine mit Thomas vom Spielplatz.

„Thomas muss ins Bett", sagte sie. „Ich bringe ihn jetzt heim"

„Ach, übrigens, wir haben ausgemacht, dass Thomas morgen mit mir ins Schwimmbad geht. Ich muss mir doch anschauen, wie gut er schon tauchen kann. Ricarda, könnten Sie ihn so gegen elf, halb zwölf ins Schwimmbad bringen?"

Peter nahm Thomas Huckepack und ging voraus. Ricarda und Anja zuckelten hinterher. Schweigend. Erst kurz vor dem Gartentor legte Anja an Tempo zu, ging voraus und öffnete für Peter das Tor. Komisch, dachte sie, als sie hinter Ricarda das Tor wieder schloss, der Baum steht irgendwie schief. Oder steht der schon immer so und es ist mir nur nie aufgefallen, weil er nur von hier aus so zu sehen ist?

Vor der Haustür stellte Peter das Kind ab. Thomas fiel fast um vor Müdigkeit. Anja drückte ihm den Stoffhund in den Arm.

„Was sind denn das für geschmacklose Rosen in deinem Mieder", zischte Peter. „Wo hast du denn die her?"

Anja schaute an sich herunter.

„Ach die!", sagte sie.

Ricarda lachte. „Schaut doch super aus. Hätte ich auch gerne", sagte sie.

„Die musst du dir schon selber schießen", sagte Peter.

Anja legte das schlafende Kind ins Bett und zog es aus. Ricarda rumorte im Bad, war lange beschäftigt. Als Anja endlich Zähen geputzt und sich gewaschen hatte und ins Bett ging, schlief Peter tief und fest. Oder tat zumindest so.

Regine. Ein wunderbarer Tag. Warm, Sonne. Es tat gut nach einer Woche Regen. Regine schwamm fünf Runden. Dann ging sie ins Warmwasserbecken und machte Gymnastik. Sie zog einen trockenen Badeanzug an und setzte sich auf die Bank. Sie wartete auf Ricarda und Thomas, eigentlich mehr auf Thomas. Ricarda war ihr unsympathisch. Thomas darf ein bisschen schwimmen und tauchen. Dann gehen wir ins Almcafe. Die besten Pommes frites weit und breit. Für mich dazu eine Currywurst. Ist zwar nicht gesund, aber ab und zu darf es auch etwas ungesundes sein. *
Ricarda wird wieder nur einen Kaffee trinken, weil sie

auf ihre Figur achten muss. Und heimlich von Thomas' Pommes naschen.

Aber dann werde ich Ricarda die Leviten lesen. Sie soll die Finger von Peter lassen. Ha, ausgerechnet ich, ich muss Ricarda ermahnen. Mir war auch egal, was aus Karin wird, als ich mich mit Armin einließ. Und wäre mir jemand mit dem moralischen Zeigefinger gekommen, ich hätte nur gelacht und mich keinen Deut drum geschert. Trotzdem werde ich es versuchen. Ich kann und will nicht, dass Anja unglücklich wird.

Die Rentner, die sich in der Mitte des Beckens stehend unterhielten, kamen in breiter Front auf den Rand zu marschiert. Der erste erreichte den Rand und winkte Regine zu. Regine reagierte nicht. Er winkte noch mehr.

„Frau Oberschall", rief er laut, „komm her."

Regine stand auf und ging zu ihm.

„Hast du heute früh Nachrichten gehört?"

„Nein."

„Hättest aber sollen. Sie haben deinen Freund gefunden."

Regine schluckte. Jetzt, jetzt war es so weit. Nur nichts anmerken lassen, sagte sie sich. Tu so, als ob du nichts wüsstest.

„Welchen Freund?"

„Na, den Richard."

Regine wurde heiß.

„In den Stauden am Grünwalder Weg haben sie ihn gefunden."

„Tot ist er, dein Freund", setzte ein Frau mit schriller Stimme hinzu, „und halb verfault."

Die große Wasserrutsche begann zu schwanken. Schwarze Wolken zogen über den Himmel.

„Hast in etwa gar nicht vermisst?"

„Sie wars! Sie hat ihn umgebracht, bestimmt," mischte sich eine dritte Stimme ein.

„Und auf den Abfallhaufen geschmissen wie einen verreckten Hund."

Der Himmel zog sich schwarz zu. Regine wurde kalt.

„Dafür wirst du büßen, wirst im Kittchen verschimmeln."

Ein kurzer stechender Schmerz, noch einer, noch einer. Blitze zuckten durch die Schwärze.

Regine trieb in einem Strudel, immer rundum und dabei weiter auf den Abgrund im Innern des Strudels zu. Immer schneller. Der Schmerz. Das schwarze Loch kam näher. Der Strudel wurde immer schneller. Sie rang nach Luft. Sie keuchte. Wieder ein Blitz. Die Schwärze riss auf. Helles Licht. Der Blitz, er traf sie direkt in die Brust. Aber der Strudel wurde langsamer. Wellen trugen sie sanft an den Rand zurück. Luft! Luft! Sie bekam wieder Luft. Füllte ihre Lunge. Der Druck auf ihre Brust ließ nach. Blau statt schwarz, blau – so blau. Himmelblau. So himmelhimmelblau und leuchtend.

„Sie ist wieder da", sagte eine Stimme. Eine weibliche Stimme. Das Gesicht über ihr war von schwarzen Haaren gerahmt. Ein strenger Scheitel teilte die Haare.

„Frau Oberschall? Hören Sie mich?"

Regine nickte. Irgendwie ging das Sprechen noch nicht. Sie musst erst Luft holen. Tief Luft holen. Wieder und wieder.

Der Druck auf ihre Brust ließ nach. Blau so blau, das war der Himmel über ihr. Sie lag auf dem Rücken auf den Fliesen. Jemand hatte ihr ein Kissen in den Nacken geschoben.

„Wie heißen Sie?"

„Regine. Ich bin Regine."

„Gut."

„50 zu 90, steigt", sagte jemand.

„Omi! Omi Regine!" Regine musste lächeln. Das war doch Thomas.

„Warum liegst du da am Boden?"

„Junger Mann, lässt du uns ein bisschen Platz. Wir müssen jetzt deine Omi auf die Bahre legen und in den Rettungswagen bringen."

Beine in weißen Hosen, Arme in weißen Ärmeln. Dann wieder die junge Frau mit dem strengen Scheitel. Sie trug eine schwarze Jacke mit giftgelben Streifen.

„First Responder", las Regine laut.

Die junge Frau lachte. Sie wirkte so erleichtert. Warum bloß? Sie legte eine dünne Decke über Regine. Tätschelte ihr die Wange.

„Alles wird gut", sagte sie. „Die Kollegen bringen Sie ins Herzzentrum."

Regine wurde durchs Schwimmbad gerollt. Überall standen Leute und reckten die Hälse.

Dann wurde sie in den Rettungswagen geschoben.

„Thomas", fragte sie. „Wo ist Thomas?"

Ein Sanitäter hob Thomas hoch.

„Wink deiner Omi. Und heute Abend kommst du sie besuchen." Dann war Thomas wieder weg und das Auto fuhr los.

Aus dem Südostkurier:

Mordanschlag oder Herzinfarkt?

Am vergangenen Montag kam es im Unterhachinger Schwimmbad zu einem Aufsehen erregenden Unfall. Die Ex-Gemeinderätin und Vorsitzende des Vereins „Naturerbe Hachinger Bach" stürzte plötzlich vom Beckenrand ins Wasser. Als die Frau nicht mehr auftauchte, zog ein Badegast sie an die Oberfläche und mit Hilfe der Bademeister aus dem Becken. Ein Bademeister leitete sofort Erste-Hilfe-Maßnahmen ein, während sein Kollege die Rettungskette in Gang setzte. Nach wenigen Minuten waren zwei First-Responder vor Ort. Ihnen gelang es mittels Defibrillator die Frau wiederzubeleben. Sie wurde ins Herzzentrum geschafft und ist außer Lebensgefahr.

Badegäste machten den Einsatzleiter darauf aufmerksam, dass Frau Oberschall erst ganz entspannt auf der Bank gesessen hatte. Als ein älterer Badegast sie anrief, stand sie auf und ging zu ihm hin. Als sie plötzlich ins Wasser stürzte, zog er sich schnell von der Unfallstelle zurück. Im Laufe der Rettungsmaßnahmen, verlor der Zeuge den Mann aus dem Blick. Es wurde die Vermutung geäußert, dass Frau Oberschall von dem Mann ins Wasser gezogen wurde. In der Vergangenheit hatte der Mann einige politische Diskussionen mit Frau Oberschall geführt. Ihre Ansichten vor allem in der Flüchtlingspolitik sind diametral entgegengesetzt.

Es ist vor allem auch zu prüfen, warum er sich von der Unfallstelle zurückzog, statt Frau Oberschall zu helfen.

Die Identität des Mannes konnte inzwischen festgestellt werden. Er befindet sich in polizeilichem Gewahrsam. Die Polizei äußerte, es gäbe Verbindungen zum Toten vom Grünwalder Weg, gab aber keine Hinweise über die Art der Verbindungen.

Anja betrachtete das Bild.

„Birken", sagte sie, „ein Birkenwald. Du kannst so schön malen. Man denkt fast, die Blätter bewegen sich im Wind. Wie das Sonnenlicht durch das Laub fällt! Einfach schön."

„Ich möchte mit dir da hin", sagte Daniel. Er legte den Arm um Anjas Schultern. „Ich möchte mit dir zu mir nach Hause fahren, in unsere Sommerdatscha. Mit dir durch den Wald gehen."

„Du hast uns zwei sogar ins Bild gemalt."

„Der Sommer dort ist so viel heller. Auch in der Nacht wird es nicht dunkel. Immer ein Streifen Licht über dem Horizont. So ganz anders als hier."

„Wir haben auch einen Streifen Licht am Horizont – aber das ist das Licht der Stadt."

Daniel zog Anja noch näher an sich. Ich sollte mich sträuben, dachte Anja, wenigstens ein bisschen.

Dann küsste er sie, ganz zart und vorsichtig. Anja schob ihn etwas weg. Aber Daniel ließ sie nicht los.

„Ich mein es ernst, Anja", sagte Daniel. „Fahr mit mir nach Sibirien. Ich will dir meine Heimat zeigen."

„Und Thomas?"

„Den nehmen wir natürlich mit. Es wird ihm dort gefallen."

Er küsste sie wieder. Heftiger, drängender.

Die Hausglocke läutete. Anja versuchte, sich zu befreien.

„Lass sie läuten", flüsterte Daniel ihr ins Ohr. „Niemand weiß, dass wir hier sind."

„Doch", sagte Anja, „mein Auto steht draußen. Vielleicht ist es Frau Jelinek. Die wundert sich dann, warum ich nicht aufmache."

„Vergiss die Jelinek."

Es läutete wieder.

„Siehst du, die gibt nicht so schnell auf. Ich schau, dass ich sie schnell los werde. Dann bin ich wieder da."

Anja rannte die Treppe hinunter und öffnete. Ein Mann und eine Frau standen vor der Tür und hielten ihr die Ausweise entgegen.

„Ich brauch den Leuchtturm nicht", sagte Anja.

„Wir sind nicht die Zeugen Jehovas, wenn Sie das gedacht haben, wir sind von der Kriminalpolizei und wollen Frau Oberschall sprechen."

„Frau Oberschall ist nicht da."

„Wann kommt sie wieder?"

„So schnell nicht. Sie ist im Krankenhaus."

„Dürfen wir ins Haus kommen, wir hätten da ein paar Fragen."

Anja führte sie ins Wohnzimmer.

„Also, wenn Sie wissen wollen, wie das im Schwimmbad war, da kann ich Ihnen nichts sagen, denn ich war ja nicht dabei. Und Regine, ich meine Frau Oberschall, kann sich an nichts erinnern."

„Ich glaube, Sie erzählen uns etwas, das wir gar nicht wissen wollen", sagte der Mann. „Wir ermitteln im Mordfall Richard Heinzeldorfer. Sagt Ihnen der Name etwas? Er war angeblich ein Freund von Frau Oberschall."

„Ich habe den Namen nie gehört."

„Er war angeblich ein sehr guter Freund von Frau Oberschall. – Wenn Sie öfter hier im Haus sind, haben Sie vielleicht einmal den Herrn gesehen?", setzte die Beamtin hinzu.

Anja schüttelte den Kopf.

„So, und jetzt erzählen Sie uns, was mit Frau Oberschall ist."

„Sie ist in der Herzklinik und wird morgen operiert. Danach kommt sie auf Reha. Deswegen bin ich ja hier. Ich soll ihr Wäsche und Kleidung einpacken und in die Klinik bringen."

„Wir werden Frau Oberschall vernehmen, sobald die Ärzte es erlauben. Wir würden uns nur gerne ihr Umfeld anschauen. Es ist keine Hausdurchsuchung.

Die können Sie vermeiden, wenn Sie uns einmal durch das Haus führen."

Anja stand auf und strich den Rock ihres Sommerkleides glatt. Sie hörte Daniel in der Küche hantieren, also ging sie mit den beiden Polizisten nach oben. Die beiden schauten sich im Schlafzimmer um.

„Wer ist der Mann auf diesem Foto?"

„Das ist Armin Struck, ihr langjähriger Lebenspartner", sagte Anja. „Er ist vor ein paar Jahren gestorben." Die Frau zog ein paar Schubladen auf, schaute hinein und schob sie wieder zu. Auf dem Bett lag der Koffer, den Anja gerade gepackt hatte, bevor Daniel gekommen war. Auch der wurde kurz kontrolliert: Unterwäsche, Schlafanzüge, ein Trainingsanzug, Strümpfe, ein Kleid. Im Nebenzimmer stand das Bild von Daniel, lagen Farbtuben und Pinsel auf dem Tisch. Niemand kam auf die Idee, dass es nicht Frau Oberschall gewesen sein könnte, die hier ihrem Hobby nachging. Das dritte Zimmer enthielt einen Bügeltisch und einen Wäschekorb. Kein Hinweis auf Daniel. Anja war erleichtert. Sie musste seine Anwesenheit nicht erklären.

Sie warfen noch einen kurzen Blick in den Speicher und in den Keller. Dann fuhren sie wieder ab. Ihre Mienen waren neutral, es war nicht zu erkennen, ob sie Hinweise gefunden hatten oder nicht.

Daniel war nicht im Haus. Er hatte sich davongeschlichen. Anja war einerseits traurig, andererseits erleichtert. Sie packte den Koffer fertig und lud ihn ins Auto. Heute Abend würde sie ihn zu Regine ins Krankenhaus bringen.

Ricarda schnipselte Obst fürs Frühstücksmüsli: Bananen, Erdbeeren, einen halben Apfel. Aber Thomas wollte nur Haferflocken mit Milch. Das Obst aß er extra. Für sich selber mischte Ricarda das Obst mit Joghurt und Kleiechips. Anja wurde schon beim Anblick hungrig und schmierte sich aus Protest besonders dick Butter aufs Brot. Peter war hinter seiner Zeitung versteckt.

„Es regnet schon wieder", sagte Anja.

„Gestern war es doch schön", meinte Ricarda.

„Ich will noch Müsli", rief Thomas.

„Hast du denn schon alles ... – ja, er hat schon alles weg gegessen."

Anja stand auf und holte die Haferflocken aus der Küche.

„Der Tote vom Grünwalder Weg war der Heinzeldorfer, steht hier", sagte Peter. „Das war doch der Freund von Regine?"

„Ex-Freund", setzte Anja hinzu.

„Gruselig", sagte Ricarda. „Das war doch in dem Gebüsch neben dem Parkplatz, direkt am Feld, wo die Leute immer ihren Rasenschnitt und ihre Zweige ablagern?"

„Richard Heinzeldorfer aus Taufkirchen, 66 Jahre alt, Rentner, alleinstehend", fasste er zusammen. „Das ist er doch."

„Schon wieder einer von Regines Liebhabern, der vorzeitig abgetreten ist", stellte Anja fest.

„Was?", fragte Ricarda. „Hat die schon mehrere, na, wie soll ich sagen, verbraucht? Ins Grab gelegt? Beerdigt?"

„In dem Alter kommt es schon vor, dass ein Mann das Zeitliche segnet. Immerhin gibt es in dieser

Altersklasse einen deutlichen Frauenüberschuss. Ich glaube, sieben Frauen auf einen Mann oder so."

Thomas, der natürlich genau zugehört hatte, während er einen Löffel nach dem anderen in seinen Mund schaufelte, hob die Hand. Dummerweise hielt er einen vollen Löffel in der Hand, und ein Klumpen durchweichter Haferflocken landete auf dem Tischtuch.

„Hoppla", sagte er und kratzte schnell den Baaz zusammen und schob ihn in den Mund.

„Was wolltest du fragen, Thomas?"

Anja grinste. Ab und zu erwies sich Thomas als Musterkind, das erst die Hand hob, wenn es etwas sagen wollte. Aber das war selten. Wäre sonst auch beunruhigend gewesen.

„Hat Oma Regine den Mann erschossen?"

„Nein", antworteten alle drei wie aus einem Munde.

Anja warf einen nachdenklichen Blick auf Peter. Der kniff gerade die Augen zusammen. Bestimmt dachte er an den Fall vor ein paar Jahren, als Regine im Verdacht stand, ihren damaligen Liebhaber umgebracht zu haben. Und dann waren da noch die ganzen Giftgeschichten vor etlichen Jahren, in die Regine ebenfalls verwickelt war. Anja rollte die Augen, um Ricarda zu bedeuten, dass sie in Gegenwart von Thomas nicht darüber reden wollte.

„Sein Auto haben sie in der Nähe von Kufstein gefunden. Tank völlig leer. Innenraum voller Bierflaschen und Hamburgertüten."

„Rätselhaft", sagte Anja.

„Sieht so aus, als ob ihn eine Gang umgelegt hat, um an sein Auto zu kommen", meinte Ricarda.

„Vermutet der Zeitungsschreiber auch."

„Und die Polizei?"

„Keine Ahnung, was die vermutet."

„Verdächtigt natürlich Regine", stellte Anja fest.

Ricarda half Thomas, die Reste aus der Schüssel zu kratzen.

„Hat Oma Regine ein Schießgewehr?", wollte Thomas wissen.

„Nein."

„Ohne Schießgewehr kann sie ihn auch nicht erschießen. Aber vielleicht hat sie sich eines gekauft? Wo kauft man Schießgewehre? Im Baumarkt?"

„Nein, Thomas, Schießgewehre kann man nicht so ohne weiteres kaufen."

„Aber Papa hat ein Schießgewehr."

„Ja", sagte Peter, „aber ich hab auch einen Waffenschein."

„Papa war nämlich früher Polizist", erklärte Thomas.

„Der Tote ist nicht erschossen worden", sagte Peter.

„Wie ist er dann ..."

„Können wir nicht von etwas anderem reden?", unterbrach Anja. „Das ist nicht gerade ein Thema, das man mit einem Fünfjährigen erörtert."

„Ich bin schon fast sechs!"

Ricarda nickte. Sie löffelte sich Joghurt über ihr Obst.

„Wir können ja darüber reden, ob ich jetzt nicht den Baum umschneide, wo Regine eh im Krankenhaus ist."

„Peter!"

„Weil es nötig ist. Es ist hier drinnen einfach zu dunkel."

„Da kriegt Regine, wenn sie wieder kommt, gleich den nächsten Herzinfarkt," sagte Ricarda.

„Bitte ein anderes Thema." Anja hatte den Appetit verloren. Sie schob den Teller mit dem angebissenen Brot von sich.

„Die Todesursache?", fragte Ricarda.

„Noch nicht festgestellt. Die Leiche war zu sehr verwest."

„Mir reicht es endgültig", sagte Anja und stand auf. „Komm, Thomas, wir gehen in die Küche."

Thomas stibitzte sich ein Stück Obst von Ricardas Schüssel.

„Übrigens", sagte Ricarda, „habe ich jemanden gefunden, der mein Auto repariert. Eine ganz kleine Werkstatt."

„Und was soll das kosten."

„Das kann er nicht abschätzen."

„Lass dir einen Kostenvoranschlag machen, unbedingt."

„Ach, Peter, das ist ein Bastler, der nimmt mich schon nicht aus. Der macht es mit Liebe."

„Das klingt wie bei Regine."

„Ich wollte nur sagen, ich fahre jetzt dann mit Thomas zum Rathausplatz und wir schauen zu, wie das Auto aus der Tiefgarage gezogen und auf einen Abschleppwagen verladen wird."

Sofort sprang Thomas vom Stuhl. „Bin schon satt."

„Dann ziehen wir uns gleich die Schuhe an", sagte Ricarda und lachte.

„Ich bin dann auch schon weg", sagte Peter.

Anja war wütend. Aber alle waren aus dem Haus, niemand da, an dem sie ihre Wut auslassen konnte. Sie räumte den Tisch ab, steckte das Geschirr in die Spülmaschine. Dann packte sie den Staubsauger und ging damit ins Arbeitszimmer.

„Alle vergnügen sich, alle haben aufregende Tätigkeiten, nur ich darf putzen", schimpfte sie.

„Putzen ist eine wunderbare Möglichkeit, um Wut und Frust abzubauen", erklärte Sanchez.

„Sei nur vorsichtig, dass ich dich nicht aus dem Bild sauge. Außerdem möchte ich wissen, woher Ricarda auf einmal so viel Geld hat, dass sie ihr Auto reparieren kann. Gerade noch hat sie mir vorgejault, dass sie vollkommen mittellos ist."

„Oh, ganz einfach. Das Geld, das sie in Georgien zusammengerafft hat, ist eingetroffen. Ricarda ist eine reiche Frau."

„Warum verrät sie mir das nicht?"

„Weil du dann noch viel wütender wirst."

„Wenn sie jetzt Geld hat, kann sie doch verschwinden."

„Sie könnte doch in Peters Geschäft investieren."

Anja glitt das Staubsaugerrohr aus der Hand.

„Was sagst du da?"

„Ricarda steigt bei Peter ein. Sie bezahlt die Steuerschulden und ermöglicht ihm ein paar Anschaffungen, z. B. einen Aufsitzrasenmäher und einen Laubsauger. So richtig große Geräte. Damit lässt sich der Hausmeisterservice gewaltig ausbauen."

Anja zog den Stuhl heraus und setzte sich.

„Das wäre doch eine Lösung für eure Probleme."

Anja hielt die Luft an.

„Du sagst gar nichts? Vielleicht taucht Peter bald mit einem Brillantring auf und bittet dich ihn zu heiraten?"

„Mach dich ja über mich lustig."

„Große Veränderungen stehen dir bevor, liebe Anja."

„Das glaub ich wohl. " Anja stand auf und ging ein paar Schritte, schaute aus dem Fenster, ging zurück zur Tür, ging in die Küche, ins Wohnzimmer, auf die Terrasse, wieder zurück ins Arbeitszimmer. Stellte sich an den Schreibtisch und schaute zu Sanchez hinauf.

„Kannst du mir einen Killer empfehlen, der für mich die Ricarda umlegt?"

„Da wirst du aber ein paar von deinen Krüger-Rand herausrücken müssen."

„Du weißt also jemanden. Wie komm ich an den dran?"

„Wende dich an Daniel. Vielleicht macht er es für dich sogar umsonst. Und legt Peter auch gleich um."

„Daniel? Der Daniel?"

„Ja, der Daniel. Hat er dir sein Gewehr noch nicht gezeigt?" Sanchez lachte meckernd.

„Schwein!", sagte Anja, „altes Schwein!"

Sie verließ das Zimmer und knallte die Tür zu.

Pfeif auf die Putzerei. Ich muss aus dem Haus. Ich fahr an den Hachinger Bach. Setze mich auf eine der Brücken und lass die Füße ins Wasser hängen.

Sonntag, der letzte Tag des Bürgerfestes. Es war sonnig und heiß. Sie saßen im Schatten der großen Fichte auf der Terrasse, Peter, Anja und Thomas.

„Mir ist fad", sagte Thomas.

„Geh in den Sandkasten spielen", empfahl Peter.

„Mag nicht Sand spielen. Papa, spiel mit mir Fußball."

„Ich muss erst die Zeitung zu Ende lesen." Peter raschelte demonstrativ mit den Seiten.

„Warum ist Ricki nicht da", maulte Thomas. „Sie soll mir ein Buch vorlesen."

„Du kennst doch deine Bücher schon auswendig. Lies dir selber vor."

„Wo ist denn Ricki hingefahren?"

„Sie ist zum Automechaniker gefahren. Der richtet doch ihr altes Auto."

Peter senkte die Zeitung und grinste Anja an. „Tja, unsere Ricarda zeigt Einsatz, wenn es um ihr Auto geht."

„Ich denke, sie hat jetzt Geld", sagte Anja, biss sich aber gleich auf die Zunge.

„Vielleicht ist es ja ein fescher Automechaniker", setzte sie hinzu.

„Ein ganz großer, starker Mann ist das", erklärte Thomas. „Der kann mit einer Hand das kleine Auto hochheben. Und ein Motorrad hat er auch. Ein richtiges! Brummbrumm macht es."

Anja musterte Peter unter halb geschlossenen Lidern hervor. War er enttäuscht? War er gekränkt, weil sich Ricarda jemand anderen angelacht hatte? Aber er hatte sich schon wieder hinter der Zeitung verschanzt. Anja jedenfalls war erleichtert, dass Ricarda neue Beute gefunden hatte.

„Der ist dreimal so stark wie Papa! Ach was, hundertmal so stark", erklärte Thomas.

Am Nachmittag wurde es allmählich schwül und große Haufenwolken türmten sich über dem Perlacher Forst auf. Nach dem Abendessen machten die drei sich auf den Weg zum Bürgerfestplatz.

„Hoffentlich hält das Wetter bis zum Feuerwerk", meinte Anja. „Heute jedenfalls war ich um den Baum froh. Es war so schön in seinem Schatten."

„Jaja", meinte Peter, „man kann ja auch einen Sonnenschirm aufspannen. Der nadelt nicht. Und wenn die Sonne weg ist, klappst du ihn einfach zu. Im Herbst schneide ich den Baum um, ganz egal was Regine sagt."

Die Musik schallte ihnen schon entgegen. Ein Auto fuhr an ihnen vorbei und hupte.

„Das ist Daniel", rief Thomas. Er drehte um und lief hinter dem Auto her. „Daniel, Daniel, fährst du mit mir Autoscooter?"

„Lass den Daniel", sagte Anja, „der fährt joggen in den Wald."

„Jetzt noch?", brummte Peter. „Wird doch bald dunkel."

Anja war ein kleines bisschen enttäuscht, dass Daniel einfach vorbeigefahren war.

Dann kamen die Lichter des Bürgerfestes in Sicht. Überall zwischen den Buden drängten sich Leute. Auf der Wiese unterhalb des Spielplatzes waren schon die Batterien der Feuerwerker aufgebaut. Die Feuerwehr hatte rundherum abgesperrt. Aber die Leute standen bis an die rotweißen Absperrbänder. Thomas drängelte sich durch, um ganz nach vorne zu kommen.

„Thomas bleib da, wir finden dich doch sonst nicht mehr", jammerte Anja. Aber Peter schob sich hinter ihm her. Auf einmal stand Anja ganz alleine da.

Daniel. Anuschka, Thomas und ihr Mann sind gerade auf dem Weg zum Bürgerfest. Ich hupe, um sie zu grüßen. Der Kleine macht gleich kehrt und rennt hinter dem Auto her. Aber sein Vater fängt ihn ein. Ricarda ist nicht dabei. Aber das ist mir egal. Ich parke das Auto vor dem Haus und gehe durch den Garten nach hinten, zwänge mich durch die Hecken und steige über den Zaun. Es dämmert. In der Wohnung geht das Licht an. Er ist also zurückgekehrt. War das eine Überraschung, mein Lieber? Nichts mehr da von deinen Habseligkeiten? Die ganze Wohnung ausgeräumt, gelüftet und neu gestrichen? Tja, Pech für dich, dein Notebook ist auch hinüber, die Festplatte verschmort. Waren irgendwo noch Speicherchips versteckt? Die Säuberungstruppe hat gründliche Arbeit geleistet und alles auf den Müll entsorgt. In wenigen Tagen werde ich meinen Auftrag zu Ende bringen und aus diesem Dorf verschwinden. Zuvor muss ich noch einmal Anuschka treffen. Ein letztes Mal.

Ich bin gerade auf dem Rückweg, als ein schweres Motorrad auf der Straße hält. Die Person auf dem Rücksitz steigt ab und nimmt den Helm ab. Aha, Ricarda kehrt heim. Auch der Fahrer steigt ab. Eng umschlungen gehen sie den Gartenweg zum Haus. Die Haustür fällt hinter ihnen zu. Ich gehe zurück zu meinem Auto. Nicht auf dem Gartenweg, sondern am

Zaun entlang, sicher ist sicher. Vor dem Gebirge leuchten Blitze auf. Der Himmel zieht sich zu. Windböen schütteln den großen Baum vor dem Haus.

Ein Schuss lässt mich zusammenfahren. Silberne Punkte fliegen über den Himmel, tropfen herunter und verlöschen. Feuerwerk zum Abschluss des Bürgerfestes. Langsam spaziere ich den Weg entlang zum Festplatz. Feuergarben schießen in den Himmel. Rote Blumen erblühen und vergehen. Zischend fahren weiße Finger in den Himmel und sprühen blaue Funken. Ist das dein Abschiedsgeschenk an mich, Anuschka? Ich hätte mir etwas anderes gewünscht, mehr gewünscht.

Ich erreiche den Festplatz als gerade ein dumpfer Knall das Ende des Spektakels verkündet. Nein, das Spektakel ist noch nicht zu Ende. Jetzt kommt mein Antwort-Gruß an Anuschka: Blitze zucken über dem Forst und der Donner grollt. Hektik auf dem Festplatz. Die Menschen eilen davon, die Aussteller ziehen ihre Zeltbahnen zu, klappen die Verkaufsstände nach oben, verriegeln ihre Wägen, zurren Seile fest.

Der Feuerwerksplatz ist fast leer. Nur eine Person steht da. Ich erkenne sie schon von weitem.

„Anuschka, Anja!", rufe ich und eile auf sie zu. Sie wirft sich an meine Brust.

„Ich habe Peter und Thomas verloren", ruft sie.

„Bscht, sie sind schon auf dem Heimweg, rennen, damit sie nicht nass werden."

„Du hast ja recht. Und mich haben sie hier vergessen."

Die ersten Tropfen fallen. Ich schaue mich nach einem Platz um, wo wir vor dem Regen sicher sind. Hinter dem Zelt ein Dach für die Reservetische, eine kleine Lücke, in die wir hinein kriechen können. Ich ziehe meine Jacke aus und lege sie auf den Boden. Wir setzen uns darauf. Ganz dicht beieinander. Es ist ja nicht viel Platz. Ich lege den Arm um Anuschka. Dieses wunderbare Kleid. Meine andere Hand schlüpft in ihren Ausschnitt und liebkost ihre Brüste. Planen knattern im Wind. Irgendwo fällt irgendetwas krachend zu Boden. Oh, Anuschka! Ya tebya lyublyu. Ya tebya ochen silno lyublyu!

Dann wühlt sich meine Hand unter die Falten ihres Rockes. Blitze zucken. Es donnert. Der Regen setzt ein. Es rauscht und trommelt auf das Dach über uns. Unter meine Füßen bildet sich eine Pfütze. Ich schiebe Anja noch etwas mehr in die Nische. Ihr Atem an meinem Hals, sie stöhnt. Oh Anuschka! Oh Anuschka! Endlich! Endlich. Wie sehr habe ich mich nach diesem Moment gesehnt.

Hand in Hand liefen sie zurück. Es regnete immer noch etwas, aber nicht mehr so heftig. Daniel legte Anja seine Jacke um die Schultern.

„Dumm, dass ich das Auto vor eurem Haus geparkt habe."

Sie bogen in die Isartalstraße ein.

„Was ist denn da vorne los?"

Feuerwehrautos waren entlang der Straße aufgereiht. Eben wurde ein starker Scheinwerfer angeschaltet.

„Das ist bei unserem Haus!", rief Anja und fing an zu laufen. Die Jacke rutschte ihr von der Schulter. Daniel hob sie auf und rannte hinterher.

Anja zwängte sich zwischen den Autos durch zum Gartentor.

„Der Baum!"

Die große Fichte war umgestürzt. Ihr Wurzelteller stand senkrecht nach oben und reichte bis zum Fenster im ersten Stock. Der Stamm lag quer über der Einfahrt und der Wipfel hatte den Zaun zum Nachbarn umgelegt. Feuerwehrleute waren dabei, die Äste abzuhacken. Andere zogen die Äste aus dem Weg. Und warfen sie über Anjas Gemüsebeet. Eine Motorsäge heulte. Von der Seilwinde wurde ein Drahtseil gespannt. Anja drängelte nach vorne.

Ein Feuerwehrmann packte sie an der Schulter. „Gehen Sie hier weg, das ist gefährlich."

„Ich muss hier durch."

„Nein, müssen Sie nicht, wir machen das schon."

Er schob sie zum Gartentor.

„Gehen Sie auf die andere Seite der Straße"

„Aber ich bin doch hier zuhause", rief Anja verzweifelt.

Die Feuerwehrleute rannten auch Richtung Gartentor.

„Das Stahlseil ist gefährlich", sagte der Mann und hob Anja einfach hoch und trug sie hinter ein Auto.

„Hey, Michi, wen hast du denn da?"

Der Motor der Seilwinde zog an. Es knirschte, als das abgeschnittene Baumstück sich in Bewegung setzte.

„Wo hast du sie denn gefunden?"

„Da ist sie ja! Wir haben sie!"

„Was, ihr habt sie?"

„Wo kommt die denn her?"

„Die ist im Garten herumgestanden. Ich hab sie raus geschleppt, weil sie nicht gehen wollte."

Die Seilwinde wurde abgestellt. Sie hatte das abgeschnittene Baumstück zur Seite gezogen, so dass der Durchgang zum Haus frei war.

Der Kommandant baute sich vor Anja auf.

„Madl, wo warst denn?" Die Sanitäter drängelten sich durch und schoben eine Bahre heran.

Peter kam angerannt. Er schloss Anja in die Arme. „Mein Gott, Anja, du lebst, du bist gesund?" Tränen liefen ihm übers Gesicht. „Anja, Anja, dass du nur lebst", stammelte er immer wieder.

„Was hast du denn? Ich bin grad heimgekommen."

„Ich hab gedacht, du liegst unter dem Baum."

„Leit, seids froh! Des is amoi a Einsatz, der wo guad ausganga is." Der Feuerwehrler nahm den Helm ab und wischte sich den Schweiß von der Stirn.

Peter presste Anja an sich. Wovon waren seine Wangen so nass?

„Ich hab euch am Festplatz gesucht und nicht gefunden. Dann hat es zu regnen angefangen und ich hab mich in der Antoniuskapelle untergestellt", sagte Anja.

„Thomas und ich, wir sind gelaufen, damit wir noch vor dem Regen heimkommen. Grad als wir zum Gartentor rein sind, hat es zu duschen angefangen. Ich hab gedacht, du bist direkt hinter uns. Und auf einmal hat es fürchterlich gekracht und der Baum ist umgefallen. Da hab ich gemerkt, dass du nicht da bist. Ich hab gedacht, jetzt hat es dich erwischt."

„Tja, war wohl nichts. Ich lebe noch."

„Anja, was sagst du da. Du bist mein ein und alles."

„Ach, geh."

„Doch, glaub mir. Du, du, - morgen fahren wir ins Rathaus und bestellen das Aufgebot."

Daniel. Ich kann nicht wegfahren. Die Feuerwehr hat mich umstellt. So werde ich Zeuge, wie der Hertlich seine Anja begrüßt und umarmt und ins Haus trägt. Nein Anja, es wird nichts aus uns beiden. Es wird nichts mit der Datscha im Birkenwald. Wär auch zu schön gewesen. Du bleibst hier in deinem bayrischen Dorf, bei Bier und Brezn und Hendl und Blasmusik, bei deinem Peter und deinem Thomas. Gerade noch in einer Liebesumarmung mit mir und jetzt in der mit dem nächsten. Du bist auch nicht anders als Anuschka. Ich bringe morgen meinen Auftrag zu Ende und dann fahre ich wieder. Weit weg. Bleibe der einsame Wolf aus der Taiga. Aus der Traum.

Der Garten war Chaos: Fichtenzweige im Erdbeerbeet, Stiefelspuren in der Petersilie und zertretene Salatköpfe. Anja war nahe am Heulen. Und dann lag da dieser Riesenbaum quer im Garten. Die Platten auf der Terrasse waren hoch gehoben worden und zum größten Teil zerbrochen. Gut, die Feuerwehr hatte ein Stück Stamm herausgeschnitten und zur Seite gezogen. Aber der Rest?

Peter kam aus dem Büro. „So", sagte er, „morgen früh kommt ein Häcksler und der schreddert alle Äste kurz und klein. Übermorgen kommen dann die Baumfäller und zersägen den Stamm in handhabbare Stücke. Nur was wir mit dem Wurzelteller machen, weiß ich noch nicht."

„Wieder aufstellen", meinte Anja.

„Ob das geht? Mal schauen, was die Baumfäller sagen."

„Das wird bestimmt ziemlich teuer, das Ganze."

„Das muss eigentlich die Vermieterin zahlen." Peter grinste. „Wir können doch nichts dafür, dass der Baum umgefallen ist. Am Besten, du rufst heute noch Regine Oberschall an. Damit sie der nächste Herzinfarkt gleich in der Reha ereilt und nicht hier bei uns. Ach ja, eine neue Terrasse ist auch fällig." Er drückte Anja das Telefon in die Hand. Aber, Pech für Peter, Glück für Anja, Regine nahm das Gespräch nicht an.

„Hat wahrscheinlich grad eine Behandlung", meinte Anja.

„Oder fährt mit dem Schifferl auf dem Chiemsee herum. Reha am Chiemsee, das hätt ich auch gern."

Ja, ich auch, dachte Anja. Vor allem aber wäre es gestern Abend gut gewesen, einfach mit Daniel wegzufahren. Von hier zu verschwinden. Einfach mit dem Auto nach Osten fahren. Wenn in der Taiga ein Baum umfällt, lässt man ihn einfach liegen.

Am nächsten Tag kam der Häcksler und zwei Männer mit Helm, Ohrschützern und Schutzbrillen. Der eine sägte die Äste ab, der andere stopfte sie in den Häcksler. Und mit viel Getöse wurden lauter kleine Spreißel und Nadeln auf den Anhänger geblasen. Auch die fünf Krähennester wanderten ins Rohr. Faszinierend, aber sehr, sehr laut ...

Nun lag nur noch der nackte Stamm da und natürlich ragte der riesige Wurzelteller fast senkrecht in die Höhe. Immerhin war das Erdbeerbeet wieder frei. Auch wenn in der nächsten Zeit die Erdbeeren wohl ein Fichtennadelaroma haben würden und mit Fichtennadeln gespickt waren. Der Salat war nicht mehr zu retten. Anja spazierte durch den Garten, um die Terrasse in Augenschein zu nehmen. Wenn sie daran dachte, dass sie noch am Sonntag im Schatten des Baumes gesessen waren – womöglich war er da schon nicht mehr ganz standfest gewesen.

Der Wurzelteller hatte ein ganz schön großes Loch hinterlassen. Kieselsteine in allen Größen lagen in der Grube. Der gestrige Regen hatte sie sauber gespült. Dazwischen lagen, ja, was war das, dazwischen lag ein Schädel. Dreckverkrustet – vielleicht nur ein Stein, der wie ein Schädel aussah. Aber da lagen noch ein paar Stücke, die wie Knochen aussahen. Und da oben, zwischen den Wurzeln, die frei in die Luft ragten, hing so etwas wie ein Beckenknochen..

Anja rief Peter an: „Unter dem Baum sind Knochen."

„Schon Fürst Pückler hat, wenn er Bäume gepflanzt hat, immer ein totes Schaf mit eingegraben, sozusagen als Langzeitdünger."

„Ich glaube nicht, dass es ein Schaf ist."

„Sondern? Vielleicht hat Wally dort einen Hund begraben. Schau es dir noch einmal genau an. Du wirst sehen, es ist ein Hund oder ein Schaf oder eine Katze."

„Für eine Katze ist es zu groß."

Aber Anja ging noch einmal hinaus, um sich den Wurzelteller genauer anzuschauen. Sie kletterte in die Grube hinunter, um sich den Dreckklumpen zu holen. Über ihr ragten die Wurzeln in die Luft. Steine rieselten herunter. Der tote Baum schien zu ächzen und zu stöhnen. Sie legte den Klumpen auf eine Steinplatte, holte die Gießkanne und spritzte Wasser darüber. Eine Schädelplatte kam zum Vorschein mit gezackten Nähten. Augenhöhlen, Nasenlöcher. Nein, das war kein Tierschädel. Anja überlief eine Gänsehaut.

„Ruf das Landesamt für Denkmalschutz an", empfahl Ricarda. „Bestimmt habt ihr einen bronzezeitlichen Friedhof in eurem Garten."

„Spinnst du", sagte Anja, „die graben mir den ganzen Garten um und machen einen archäologischen Park daraus."

„Dann lass es. Leg den Schädel wieder zurück und streu Erde drüber."

„Ein Grab im Garten?"

„Musst ja kein Kreuz aufstellen und keine Blumenkränze drüber legen. Mach es still und unauffällig."

Anja legte den Schädel wieder vorsichtig in die Grube zurück.

Thomas hatte eine andere Idee: „Wir könnten hier ein großes Schwimmbecken machen. Mit außen herum einem Wildwasserkanal."

„Das hast du doch im Freibad."

„Ja, schon, aber dann kann ich jeden Tag schon in der Früh schwimmen und muss nicht erst mit dem Fahrrad hinfahren."

„Womöglich auch noch eine Würstlbude dazu?"

„Oh ja, und Pommes! Und Eis!"

„Aber ein Gartenteich, das wäre doch was", schlug Anja vor.

„Ein Whirlpool wäre noch besser", meinte Ricarda.

In der Nacht kam Wally an Anjas Bett. Sie stand da und schaute sehr streng.

„Ich kann doch nichts dafür, dass deine Krähen sich jetzt einen neuen Baum suchen müssen", sagte Anja.

Wally schüttelte den Kopf. Sie machte Gesten mit den Händen, die Anja nicht verstand.

„Ja, natürlich pflanzen wir einen neuen Baum. Aber so große Bäume gibt es nicht. Außerdem hätte ich ehrlich gesagt lieber einen Kirschbaum als eine Fichte."

Anja setzte sich im Bett auf. Wally machte ein Kreuzzeichen.

„Die Idee mit dem Whirlpool finde ich auch nicht schlecht. Den Kirschbaum können wir ja ein Stück daneben pflanzen."

Wally hielt sie die Hände vor sich, als ob sie ein Buch läse.

„Nein, Wally, ich will nicht lesen, ich will jetzt schlafen. Lass mich endlich in Ruhe."

Wally hielt die Hand vor sich und drehte sie im Handgelenk.

„Weihrauch?", fragte Anja. Wally schüttelte den Kopf.

„Weihwasser?" Nicken.

„Weihwasser. Gut, wenn du meinst. Dann fahr ich morgen in die Kirche und hol dir Weihwasser."

Kopfschütteln.

„Wally, ich versteh dich wirklich nicht. Mir brummt schon der Kopf vor Anstrengung. Lass mich endlich schlafen."

Wally schlich am Bett vorbei, den Kopf gesenkt. Niedergeschlagen?

Am Morgen war Anja zu dem Schluss gekommen, dass sie kein Gerippe, wie alt auch immer, neben dem

Haus haben wollte und auch nicht unter dem Whirlpool oder dem Gartenteich. Vielleicht konnte man die Knochen aufsammeln und in eine Schachtel legen und in einer Ecke des Friedhofs begraben. Also rief sie in einem Bestattungsinstitut an. Die Frau am Telefon ließ sich alles genau schildern. Bereitwillig gab ihr Anja die Adresse und erhielt das Versprechen: „Sie hören von uns."

Eine Stunde später hielten zwei Autos vor dem Haus. Zwei Männer schleppten große Koffer mit sich. Anja ging ihnen entgegen. Noch ein Auto hielt am Zaun. Zwei weitere Männer stiegen aus. So viel Aufwand für die paar Knochen?

„Ah, wie schön, Sie kommen vom Bestattungsinstitut."

„Nein", sagte der Mann, „wir sind von der Kriminalpolizei. Das Bestattungsinstitut hat uns informiert, dass hier ein Mord geschehen ist."

„Was?"

„Ich bitte Sie, sind Sie so naiv oder glauben Sie wirklich, Sie kommen damit durch? Wenn irgendwo Leichenteile gefunden werden, dann kann es sich nur um ein Verbrechen handeln. So, und jetzt zeigen Sie uns, was Sie gefunden haben."

Die Baumsäger wurden wieder weggeschickt. Die zwei Männer von der Spurensicherung sammelten die Knochen ein, holten mit der Pinzette Stoffreste zwischen den Wurzeln hervor. Die beiden anderen verhörten Anja.

„Ich hab den wirklich nicht gekannt. Wir wohnen doch erst seit fünf Jahren hier drin."

„Wer hat vorher hier gewohnt?"

„Frau Walburga, ach, ich weiß nicht, wie sie noch geheißen hat, aber die ist seit fünf Jahren tot. Brauche ich nicht einen Anwalt?"

„Liebe Frau Gollinger, der Baum ist 40 Jahre alt. Die Leiche liegt also schon viele Jahre im Boden, so wie sie von den Wurzeln umschlossen war. Wir versuchen doch nur, Hinweise zu sammeln, wer das sein könnte."

Anja atmete auf.

„Jetzt die Nachbarn. Das Haus auf der linken Seite ..."

„Steht seit sechs Jahren. Es war ganz neu, wie wir hier eingezogen sind. Die Leute drin sind alle hergezogen. Keiner hat vorher hier gewohnt."

„Das andere?"

„Ist etwas älter. Die haben von ihren Eltern auch so ein spitzgiebliges Häuschen geerbt, wie unseres ist, haben es abreißen lassen und ein neues gebaut. Wenn das wirklich schon so lange her ist, dann waren die damals Kinder."

Trotzdem machten die beiden sich auf den Weg, die Nachbarn zu vernehmen.

Im Garten war ein Bleisarg eingetroffen, in den die Knochen gelegt wurden. Daneben stand ein Plastikcontainer voller Tütchen.

„Wir sind hier fertig", erklärte der eine und zog den Reißverschluss seines weißen Schutzoveralls auf. „Sie können den Baum wieder aufstellen." Sie lachten.

„Wie geht es weiter?", fragte Anja.

„Wenn die Forensiker fertig sind, können Sie die Knochen bestatten lassen."

„Warum ich? Warum nicht Sie?"

„Weil das Ihr Grundstück ist."

„Das Grundstück gehört einer Stiftung."

„Dann eben die Stiftung. Auf Wiedersehen."

Dann waren sie weg samt Bleisarg und Plastiktütchen.

Endlich war alles wieder in Ordnung. Der Baumstamm war in handliche Stücke zersägt und neben dem Schupfen gestapelt. Der Baumstumpf und der Rest der Wurzeln waren heraus gefräst und abtransportiert worden. Nur eine Mulde war übrig geblieben, oder vielmehr ein Krater. Die Terrasse musste noch neu gemacht werden. Aber erst, wenn Regine aus der Reha zurück war. Das würde noch ein paar Wochen dauern, denn sie hatte den Aufenthalt auf eigene Kosten nochmals verlängert. Thomas durfte wieder in den Kindergarten gehen, in einen anderen, in einen ganz neuen. Ricarda hatte ihr gelbes Auto wieder und war unterwegs.

Thomas hängte seinen Anorak an den Haken, zog die Schuhe aus und die Hausschuhe an. Er winkte Anja noch einmal zu und verschwand dann im Gruppenraum. Die Kindergärtnerin lächelte Anja an.

„Ein braver Bub", sagte sie. „Und was der alles weiß! Sie lesen ihm wohl viel vor. Er hat uns eine Menge über die Steinzeit erzählt."

Anja nickte ihr zu, sagte „Bis heute Nachmittag" und ging hinaus zu ihrem Fahrrad.

Jetzt noch schnell ein paar frische Semmeln und etwas Schinken kaufen, Eier und Milch. Dann ins Schaufenster vom Schuhladen und von der Boutique schauen. Heute kein Büro, heute Homeoffice. Kein Ausflug zum Hachinger Bach, ausnahmsweise.

Ibrahim winkte sie zu sich her.

„Hab ich Pfirsiche. Sind schon weich, aber gut für Kochen. Mach ich dir guten Preis."

Also packte sie noch eine Kiste Pfirsiche hinten aufs Fahrrad.

„Hermann zurück aus Irland", sagte Ibrahim.

Anja lachte. „Ja, es war ihm zu kalt und zu nass dort."

„Irland viel Regen." Ibrahim nickte bestätigend. „Und zu teuer."

„Das Bier hat ihm nicht geschmeckt", setzte Anja hinzu. Dann fuhr sie los.

„I spent all my money on Whiskey and beer ", sang sie leise den ganzen Weg vor sich hin, ganz brachte sie den Text nicht zusammen. Nur das „No nay never, no nay never no more ..." fiel ihr noch ein.

Daniels Auto stand neben der Einfahrt. Ich muss mit ihm reden, überlegte Anja. Irgendwie ist alles so peinlich. Aber Daniel ließ den Motor an und fuhr los, bevor sie ihn erreicht hatte.

Das Gartentor war offen, so dass sie bis zum Schupfen durchfuhr. Sie stellte die Kiste Pfirsiche auf die Eingangsstufen. Dann holte sie den Sack mit den Einkäufen vom Lenker und sperrte die Haustür auf. Ihre Handtasche schleuderte sie auf die Garderobenkommode und ging in die Küche. Laut sang sie: „I'm the wild rover no never no more!", während sie Milch und Schinken in den Kühlschrank räumte. Dann stellte sie ihre Tasse unter die Kaffeemaschine und startete sie. Jetzt noch das Fahrrad in den Schupfen und die Pfirsiche hereinholen.

Der Nachbar stand vor der Tür.

„Zurück aus dem Urlaub?"

„Ja, schon ein paar Tage. Aber Sie hatten ja ziemlichen Trubel hier. Schade um den schönen Baum."

„Wir pflanzen einen neuen."

„Das dauert aber, bis der so groß ist. Na gut, ich bin gekommen, um mir meinen Stick wieder abzuholen."

„Wie bitte?" Anja war einen Moment verwirrt. Dann fiel es ihr wieder ein.

„Ach, die Tigerente, stimmt."

„Ich hoffe, sie haben gut auf sie aufgepasst."

„Ich hab sie im Keller versteckt."

Anja lief die Treppe in den Keller hinunter. Hinter dem Regal mit Schuhen, neben dem Abflussrohr der Küche, in der Lücke in der Wand – Anja fingerte in die Spalte, konnte aber nichts erreichen. Sie quetschte die Hand zwischen Regal und Rohr durch. Da war das Sackerl mit den Krügerrand, da war das dicke Kuvert von der Schweizer Bank, das Tagebuch von Wally – ach ja, das Tagebuch! Wally wollte ja, dass sie es las – nur die kleine Tigerente konnte sie nicht ertasten. Vielleicht war sie hinunter gerutscht. Anja tastete etwas tiefer, noch tiefer – nichts zu fühlen außer Beton. Wohl oder übel musste sie das Regal ein Stück vorschieben. Aber das Regal war schwer beladen. Rucksäcke, die Kraxe für Thomas, Kartons mit Babysachen. Die Winterstiefel, die Bergschuhe, das alte Porzellan von Wally … Die Schritte des Nachbarn hallten auf der Kellertreppe.

„Was machen Sie denn da? Wollen Sie ausziehen?"

„Ich suche Ihre verdammte Tigerente!"

Der Staub glitzerte in den Lichtfingern, die durch den Fensterschacht fielen.

„Sagen Sie bloß, sie haben es hier im Schuhregal versteckt."

„Hinter dem Schuhregal", krächzte Anja. Sie musste husten.

Der Nachbar schaute sich um.

„Der reinste Ramschladen hier. Wundert mich nicht, dass Sie da nichts mehr finden."

„Ich find es schon noch, ich muss nur das Regal ein Stück vorrücken. Vielleicht können Sie mir helfen?"

Doch der Nachbar schüttelte nur den Kopf. Er stelzte vor zum Lichtschacht, dann hinüber zum Weinregal.

„Wirds bald?", fragte er.

Anja packte den Holm des Regals und versuchte es nach vorne zu rücken. Das Regal bewegte sich kein Stück.

Der Nachbar spazierte aus dem Raum und hinüber in den Waschkeller, kam zurück. In der Hand hatte er eine Rolle Klebeband.

„Hier sollte man mal gründlich lüften", bemerkte er.

„Können Sie mir nicht helfen, das Regal ein Stück vorzuziehen? Ich schaff das nicht."

Er ruckte etwas an dem Regal.

„Das rührt sich nicht", stellte er fest. „Wahrscheinlich ist es irgendwo festgeschraubt."

„Dann haben Sie ein Problem", sagte Anja eisig. „Dann komm ich nämlich nicht dran."

„Sie haben das Problem, werte Frau Gollinger. Wissen Sie, wie wichtig dieser Speicherchip für mich ist? Meine Wohnung ist ausgebrannt, alle Unterlagen, die ich jahrelang gesammelt habe, sind verloren. Nur der Speicherchip, was ich da drauf gesichert habe, das ist mir geblieben. Und Sie, Sie finden ihn nicht mehr! Spielen mir hier ein Theater vor mit Regal wegrücken und hinter dem Regal muss er sein. Wissen Sie was, das glaube ich Ihnen nicht."

Er packte Anja am Arm.

„Wo ist der Chip? Rücken Sie meinen Chip raus und zwar sofort, sonst werde ich ungemütlich."

Anja versuchte sich loszumachen.

„Er ist hinter dem Regal in einer Wandritze."

„Das soll ich Ihnen glauben?"

„Sie haben doch gesagt, ich soll ihn gut verstecken."

Er lockerte mit den Zähnen das Klebeband ein Stück und dann hatte er auch schon das Band um Anjas Handgelenke gewickelt.

„He, was soll das!" Anja versuchte, ihre Hände wieder frei zu bekommen.

„Sie werden mir jetzt gleich sagen, wo der Chip ist."

Er stieß Anja gegen die Wand unter dem Fensterschacht.

„Bleiben Sie hier stehen und rühren Sie sich nicht." Dann ging er zum Regal und zog und zerrte daran. Tatsächlich gab es nach.

„Reicht schon", rief Anja, „in der Mauerritze neben dem Rohr. Da steckt er drin."

Der Mann griff hinein, warf das Sackerl heraus, warf das Kuvert, das Tagebuch, die Schmuckschatulle alles auf den Boden. Dann stand er auf, klopfte sich die Knie ab.

„Da ist sonst nichts drin."

„Aber es muss da drin sein."

Mit ein paar Schritten war er bei Anja, klebte ihr Klebeband über den Mund. Dann riss er einen der Riemen herunter, die am Regal hingen, und band Anjas Arme an das Rohr. Anja begann zu weinen. Sie versuchte zu sprechen, aber das Klebeband saß fest, sie konnte die Lippen nicht bewegen. Die Arme taten schon nach wenigen Versuchen weh.

„Weißt du was, ich lasse dich jetzt eine Weile hier unten. Das wird etwas ungemütlich für dich. Wenn ich dann wiederkomme, wirst du mir bestimmt erzählen, wo du den Chip hast. Du dumme Nuss, du. So einfach bescheißt du mich nicht. So einfach reißt du dir nicht unter den Nagel, was ich mühsam herausgefunden habe."

Er löschte das Licht. Die Kellertür schlug zu, der Schlüssel wurde von außen umgedreht und Anja hörte ihn die Treppe hinauf stapfen.

Anja versuchte das Klebeband über dem Mund zu lockern, indem sie Grimassen zog. Es tat höllisch weh, als auch noch ihre Zungenspitze festklebte und nur mühsam wieder losging. Sie wand und drehte ihre Handgelenke. Das Klebeband gab nicht nach und der Riemen darüber sowieso nicht.

Anja hörte die Tritte über sich. Der Kerl ging hinaus auf die Terrasse, direkt über dem Lichtschacht. Dann gab es auf einmal ein dumpfes Blobb. Etwas Schweres fiel zu Boden. Glas klirrte. Es hörte sich nach einer splitternden Scheibe an. Hatte er das Fenster eingeschlagen? Noch zweimal das dumpfe Blobb.

Dann Stille. Vogelzwitschern. Das Brummen der Autobahn.

Wenn er wieder kommt, sage ich, der Chip ist oben im Tresor. Dann muss er mich losmachen und dann gehen wir hinauf. Das ist meine einzige Chance.

Und: vielleicht kommt ja Ricarda nach Hause. Die wird mit dem bestimmt fertig. Die ist nicht so doof und gutgläubig wie ich.

Hermann spazierte pfeifend die Straße entlang. Es war ein richtig warmer Tag, wärmer als es in Irland gewesen war. Nein, Irland hatte ihm nicht gefallen, vom ersten Tag an nicht. Irland war so gar nicht wie Australien, abgesehen davon, dass da wie dort Iren lebten, und mit Iren war er immer gut ausgekommen. Nach drei Tagen Dauerregen hatte er kurzerhand den Rückflug gebucht. Immerhin hatte er am Flughafen noch ein Halstuch für Anja und für Thomas drei kleine Schafe gekauft, und die wollte er ihnen jetzt bringen.

Die Einfahrt stand offen.

„Oha, da Baam is weg!", stellte er als erstes fest. Ein Loch vor der Terrasse zeigte, wo er gestanden war. Auf der anderen Seite, entlang der Einfahrt stapelten sich die Stücke des Baumstammes.

„Da hamma aba an Hauffa Holz vor der Hüttn", stellte er fest und lachte über den Scherz.

Vor der Haustür stand eine Steige mit Pfirsichen. Hermann klingelte und schnappte sich einen Pfirsich, rieb ihn am Ärmel seines Parkas sauber und biss hinein. Saft rann ihm übers Kinn. Mit dem Handrücken wischte er sich trocken. Anja machte nicht auf. Hermann klingelte noch einmal und aß noch einen zweiten Pfirsich.

„De muass doch da sei", überlegte er. „S Radl steht da, a Steign Pfirsich vor da Tür. Vielleicht telefoniert s grad. Oda muass dem kloana Baazi an Dreck abwaschn."

Er beschloss, noch etwas zu warten und sich so lange mit einem weiteren Pfirsich auf die Terrasse zu setzen. Die Terrassentür stand einen Spalt offen. Ein großer brauner Fleck direkt davor. Und dann sah er den Toten liegen, halb über der Baumgrube, auf dem Rücken und in den Himmel hinauf starrend.

Hermann rannte, rannte hinaus auf die Straße. Dort blieb er dann stehen. Er wollte seinen Hut abnehmen, aber der war ihm anscheinend schon beim Laufen vom Kopf gefallen.

Drei Jugendliche kamen daher geradelt, dicke Schultaschen auf dem Gepäckträger. Sie fuhren einen Bogen um den Mann mitten auf der Straße.

„Is was?", fragte einer.

„Halt, anhalten", rief Hermann. „Mia miassn de Polizei hoin."

Einer drehte mit dem Fahrrad um und kam zu ihm zurück.

„Geht es Ihnen nicht gut?", fragte er.

„Polizei", stammelte Hermann. „Miassts de Polizei hoin. Da drin liegt a Douda."

„Was? He, kommt doch her", rief er seinen Kameraden zu.

„Was erzählen Sie da?"

„Da drin im Garten liegt a Douda. Daschossn. A Loch im Bauch und so vui Bluat."

Und dann kamen die Pfirsiche wieder heraus. Pfirsiche vermischt mit Bier. Während Hermann am Straßenrand kniete und sich in Krämpfen wand, radelte einer der drei die Einfahrt hinauf. Schaute sich nach allen Seiten um. Endlich stieg er ab und ging zur Terrasse. Gleich kam er zurück, zog sein Handy heraus und wählte die Notrufnummer.

Als die Polizei ankam, saßen die drei zusammen mit Hermann am Randstein. Einer hatte seinen Arm um Hermanns Schulter gelegt. Die Papiertaschentücher, die sie Hermann gegeben hatten, damit er sich das Gesicht und die Spuren auf seiner Hose abwischen konnte, waren in einer Plastiktüte verstaut. Eine Weile hatten sie noch versucht, mit ihm zu reden. Aber da Hermann nur einsilbige Antworten gab, hatten sie es aufgegeben. Als der Polizist auf sie zu kam, stand er auf und ging ihm auf wackligen Beinen entgegen.

„Ihr miassts nachm Annerl schaun", sagte er. „S Annerl muass im Haus sei. I hab ned schaun kinna. I, i kann des ned vatragn." Dann brach er in Tränen aus. Einer der Jugendlichen hielt ihn am Arm, führte ihn zurück zum Straßenrand, damit er sich wieder setzen konnte.

„Sie meinen, es ist noch eine Leiche im Haus?", fragte der Polizist.

Hermann nickte. Das Mädchen reichte Hermann wieder ein Papiertuch. „Das ist mein letztes. Hast du noch welche, Tobi?"

Aber Hermann legte nur den Kopf auf die Arme und schluchzte so sehr, dass sein Rücken bebte.

„Gut, wir durchsuchen das Haus. Sofort."

Der Polizist macht kehrt und ging zum Haus zurück.

Ein Sanitätsauto kam angebraust. Die Sanitäter sprangen heraus, zerrten die Bahre heraus und schoben sie im Eilschritt zum Haus. Einer mit Tasche eilte voraus. Kurz darauf wurde die Bahre langsam die Einfahrt herunter geschoben.

„Ich glaub, die lebt noch", sagte Tobi, der aufgestanden war, um besser sehen zu können. „Die rührt sich jedenfalls, und der eine redet auf sie ein."

„He, Alter", sagte das Mädchen zu Hermann und rüttelte ihn, „dein Annerl lebt noch!"

Es dauerte bis die Nachricht zu Hermann durchdrang. Aber dann sprang er auf, rannte auf die Bahre zu und schloss Anja so stürmisch in die Arme, dass die Bahre beinahe kippte.

Daniel. Ich bin schon mitten in Polen, da melden sie sich endlich. Es gibt ein Problem. Jemand hat die Daten. Dieser jemand will nun in das Geschäft einsteigen. Fünf Millionen will er haben. „Ich habe die Bude ausgeräuchert, da hat kein Chip überlebt", sage ich.

„Dann hat er ihn anderswo deponiert. Jemandem gegeben."

„Und dieser Jemand ist?"

Ich bekomme eine Telefonnummer und einen Namen: Anja.

Ich fahre auf den nächsten Parkplatz. Das muss ich erst einmal verdauen.

Es war so: Der Mann kommt aus Anjas Wohnzimmer. Ich denke, sie hat mit ihm geschlafen, am Nachmittag in ihrer Wohnung. Ich sitze vor ihrem Haus im Auto und sie schläft mit dem Kerl. Schon der erste Schuss sitzt, aber ich gebe noch zwei Schüsse ab. Aus Wut. Aus Enttäuschung. Jetzt hat Anja den Chip. Jetzt will Anja das Geld. Dass ich nicht lache! Anja als Erpresserin! Niemals hätte ich ihr das zugetraut. So kann man sich täuschen. Ich fahre den ganzen weiten Weg wieder zurück. Langsam … Du entkommst mir nicht, Anja. Aber vorher …

Ich übernachte in einem Motel. Ich kann nicht weiter fahren. Anja! Es kann nicht sein. Es darf nicht sein. Ich kann Anja nicht erschießen. Ich liebe sie. Trotz allem. Gerade weil sie so ist, wie sie ist. In einer schlaflosen Nacht schmiede ich einen Plan: Ich werde Anja nichts antun, aber ich werde sie mitnehmen. Dazu muss ich nur einige Vorbereitungen treffen, Medikamente kaufen. In Polen kein Problem, Diazepam zu bekommen. Einen Reisepass für sie kaufe ich auch. Foto von ihr habe ich am Handy. Ein neues Auto. Ich schraube das alte deutsche Nummernschild dran. Ein neues Handy. Prepaid.

Eine Woche später bin ich wieder in Unterhaching. Ich wohne nicht bei Regine. Ich habe jetzt genug Geld, um ins Holiday Inn zu gehen. Ich werde Anja anrufen, den Austausch Geld gegen Chip vorschlagen. Und dann ...

Eine Tasse Kaffee und ein paar Seiten aus Wallys Tagebuch – Anjas Rezept zur Entspannung, nachdem sie Thomas vom Kindergarten abgeholt hatte. Thomas spielte in der Baumgrube mit seinem Bagger. Die Baumgrube war besser als jeder Sandkasten. Dazu noch zwei Eimer Wasser – dann war das Kind zwar dreckig, aber glücklich und zufrieden. Eigentlich war es verdächtig, wenn Thomas gar so still war. Aber Anja konnte sich nicht aufraffen, nach ihm zu schauen.

Es gibt sicher spannendere Lektüre als dieses Tagebuch. Die Schrift schwer zu lesen, die Seiten schon vergilbt, die Buchstaben verblasst. In dem Mauerloch war es doch etwas feucht.

Wally und Regine waren seit der Schulzeit beste Freundinnen. Als Studentinnen stürzten die beiden sich in das wilde Treiben der Sechziger Jahre. Sie feierten mal im Babalou, mal in der Wohnung von Freunden, meist bis in die Morgenstunden. Wally übernachtete oft bei Regine, denn zu später Stunde fuhr kein Zug mehr. Abgesehen davon war ja auch der Weg vom Bahnhof bis nach Hause noch zu gehen.

Ein Mannsbild stellte ihre Freundschaft auf eine harte Probe. Kurt, so hieß er, war Regines Freund. Jetzt schliefen sie zu dritt in Regines kleinem Apartment, Regine und Kurt im Bett, Wally auf einer Matratze am Boden. Und mitten in der Nacht verließ dann Kurt das Bett und kam zu Wally auf die Matratze. Wir stehen darüber, Kurt gehört halt uns beiden, versprachen sich die beiden Mädchen. Hoch und heilig versprachen sie sich, die Freundschaft aus Schultagen dürfe von keinem Mann zerstört werden.

Seitenlange Abhandlungen, ob das spießig war, bürgerlich, sich von seinem Freund zu trennen, wenn er ab und zu mit einer anderen schlief. Die sexuelle Freiheit für alle. Nur, weder Regine noch Wally nahmen diese Freiheit für sich in Anspruch, nur Kurt.

Wally litt, litt an Eifersucht, an Neid auf Regine. Seiten über Seiten klagte sie über Regine. Regine war die hübschere, Regine war die intelligentere mit den besseren Noten, Regine bewältigte ihr Studium trotz der durchfeierten Nächte, während Wally mehr und mehr absackte, Klausuren schwänzte, im Praktikum schlechte Noten hatte, die Scheine fürs Vordiplom nicht zusammen bekam. Regine, die sich Geld dazuverdiente, Regine, die sich schicke Kleidung kaufte, Regine, der die Eltern eine Wohnung zahlten, während Wally noch immer bei ihren Eltern im sterbenslangweiligen, spießigen Unterhaching wohnen musste.

Anja gähnte. Die Lektüre langweilte sie. Ricardas gelber Sportwagen hielt vor dem Garten. Anja stand auf, steckte das Heft zwischen die Bücher im Wohnzimmerschrank – lauter alte Schinken, die kein Mensch mehr las – und ging ihr entgegen.

„Hach, ist das heiß heute!", rief Ricarda schon von weitem. „Ich muss mich abkühlen. Thomas, magst du mit mir ins Schwimmbad fahren?"

Thomas hob kurz den Kopf. „Kann nicht. Muss arbeiten."

„Ich hol mir schnell meine Badesachen." Ricarda verschwand im Haus und hüpfte die Treppen hinauf.

Die ist vielleicht gut gelaunt, dachte Anja. Kaum zum Aushalten. Möchte nur wissen, was sie die ganze Zeit treibt. Allmählich könnte sie sich eine eigene Wohnung suchen. Seit Thomas wieder im Kindergarten ist, hat sie ja nichts mehr zu tun.

Daniel. Ich will nicht hinfahren, aber ich muss sie sehen. Ich will sie nicht sehen, aber ich fahre trotzdem hin. Sie liegt im Garten auf einer Decke und liest. Im Bikini. Die Hecke – viel sehe ich nicht. Aber ich weiß, wie sich ihre Hinterbacken in meinen Händen anfühlen. Wie ihre Schenkel meine Hüfte umschließen. Ich kann es nicht mehr aushalten. Ich muss sie treffen.

Was mache ich, wenn sie den Inhalt des Chips schon auf ihren Rechner kopiert hat? Ich werde sie festhalten, werde sie schlafen lassen und mit ihrem Mann verhandeln. Er kriegt seine Anja nur zurück im Austausch gegen alle Kopien der Dateien. Und ich werde Anja so lange behalten, bis wir sicher sind, dass die Daten nicht benutzt werden. Bestimmt steckt ihr Mann dahinter. Anja gibt sich für so schmutzige Sachen wie Erpressung nicht her. Er ist feig genug, sich hinter ihrem Namen zu verstecken. Wie konnte ich nur Anja im Verdacht haben!

Ein kleines gelbes Auto hält hinter mir. Ricarda steigt aus. Anja steht auf. Jetzt kann ich sie gut sehen. Sie geht Ricarda entgegen.

Sie dürfen mich nicht entdecken. Ich fahre los.

Aus Wallys Tagebuch

Ich feierte meinen Geburtstag am Perlacher Mugl. Ich mag den Mugl so gern. Man hat das Gefühl, dass nur Wald ringsum ist, die Stadt, die Häuser sind ganz weit weg. Gut, in der Nacht, da sieht man die Lichter. Das macht es nur noch zauberhafter. Wir haben ein Feuer angemacht. Wir haben mehrere Kästen Bier herauf geschleppt. Ich hab im Rucksack meinen heißgeliebten Edelkirsch dabei. Den habe ich aus dem Keller geklaut. Meine Mama hat immer Edelkirsch im Haus, sogar einige Flaschen Reserve im Keller.

Alle waren bester Stimmung. Ein paar haben sich Tüten gedreht. Elfriede spielte Gitarre.

Es war ein Scheiß Geburtstag. Alle haben sich amüsiert, nur ich nicht. Erstens war ich völlig fertig von den ganzen Vorbereitungen. Zweitens ist es einfach nicht so gelaufen wie ich wollte, wie ich es mir vorgestellt hatte.

Ich saß ganz allein da. Trank Edelkirsch. Denn Kurt lag mit Teresa im Gras. Teresa hatte ihren Kopf auf seine Brust gebettet, die Augen geschlossen und Kurt fummelte unter ihrem Rock. Ich wollte nicht hinschauen, aber ich konnte nicht anders. Vom Edelkirsch war mir schon schlecht. Zum Speiben schlecht.

Kurt war mit Teresa fertig, stand auf, machte seine Hose zu. Wie er grinste. Teresa blieb liegen. Kurt schaute sich um. Aber er suchte nicht mich. Er ging zum Feuer und setzte sich neben Ingrid. Ingrid legte ihren Kopf auf seine Schulter. Er küsste sie lange und intensiv. Dann standen sie auf und gingen vom Feuer weg.

Noch ein Schluck Edelkirsch. Nun war es soweit. Ich reiherte ins Gras. Jemand legte mir die Hand auf die Schulter, strich mir über den Rücken. Regine. Die fehlte mir gerade noch. Sie nahm die Edelkirschflasche und schleuderte sie ins Gebüsch.

„Pass bloß auf", sagte sie, „wenn du speibst, wirkt die Pille nicht."

„Ist mir egal. Die Pille brauch ich eh nicht. Wofür auch!"

„Karin ist das passiert. Jetzt ist sie schwanger."

„Womöglich von Kurt", sagte ich. Ich meinte es nicht wirklich ernst.

„Womöglich, ach was, ziemlich sicher", sagte Regine.

Jetzt hätte ich wieder einen Schluck Edelkirsch gebraucht. Aber die Flasche war weg. Dann vielleicht ein Bier. Ich versuchte aufzustehen. Regine drückte mich wieder nieder.

„Bleib sitzen. Wir müssen reden. So geht es nicht weiter."

Ich habe zu heulen angefangen. Vor lauter Elend. Scheiß Geburtstag, Scheiß Kurt. Scheiß Liebe. Scheiß Regine. Vernünftig wie immer. Kein Herz, keine Seele, Nur Berechnung. Ich will nicht hören, was sie sagt, ich will nicht wissen, was sie vorhat.

„Wir werden ihm eine Lehre erteilen."

„Wem?"

„Na, dem Kurt. Das geht jetzt zu weit."

„Wird er Karin heiraten?"

Regine lachte. „So weit lassen wir es nicht kommen, Wally. Hör zu."

Ich will nicht zuhören, verdammt, nein, ich will nichts hören!

„Ich brauch dich dazu. Nächstes Wochenende ..."

„Da geht es nicht", unterbreche ich sie. „Meine Eltern wollen am Samstag im Garten einen Baum pflanzen und fahren dann gleich nach Rimini. Ich muss zu Hause bleiben und den Baum gießen und das Haus hüten."

„Komm, wir setzen uns zum Feuer."

Das Feuer war herunter gebrannt. Nur noch drei saßen dort. Teresa, Ralf, Vevi. Elfriede packte gerade ihre Gitarre ein. „Ich geh heim", sagte sie.

Teresa stierte vor sich hin und schob die Holzstücke in der Glut umher. Ich fing an, die leeren Flaschen einzusammeln.

Daniel. Ich rufe Anja vom Hotel aus an. Drei Tage habe ich gewartet. Nachgedacht. Geplant. Den Plan wieder verworfen. Jetzt steht mein Plan.

Anja stellt sich an. Sie will sich nicht mit mir treffen. Die Leute kennen sie alle.

„Was denken sie, wenn ich mit dir im Cafe sitze? Außerdem kann man da nicht reden. Wo wohnst du jetzt überhaupt, Daniel? Warum bist du nicht im Haus von Regine? Sie ist immer noch auf Reha. Das Gras müsste dringend gemäht werden. Kannst du das nicht machen, Daniel?"

Wir treffen uns bei Regine. Ich habe alles vorbereitet.

Ich denke nicht daran, Rasen zu mähen.

Anja stellt sich an. „Ich kann nicht mit dir schlafen, Daniel. Das am Bürgerfest war eine seltsame Situation. Das darf nicht noch einmal vorkommen."

„Aber ich liebe dich so sehr Anja. Ich bin wegen dir noch einmal zurückgekommen."

„Ich mag dich auch sehr, Daniel. Aber es geht nicht."

Bla bla bla

Am Ende lieben wir uns doch. „Ein letztes Mal, versprochen? Daniel, du musst mir das versprechen."

Aber da ist sie schon am Einschlafen. So muss ich nichts versprechen, was ich nicht vorhabe zu halten.

Jetzt rufe ich Hertlich an. Von meinem neuen polnischen Handy aus. Wenn er seine Frau wieder haben will, muss er den Chip und seinen PC rausrücken.

Nur die Mailbox ist dran: „Hallo, hier ist Anja. Wenn du eine Nachricht für mich hast, sprich nach dem Piep."

Ich lege auf. Das war eine weibliche Stimme. Aber es war nicht die Stimme von Anja.

Ich rufe noch einmal an. Diesmal spreche ich eine Nachricht: „Ich will den Chip haben. Nenne mir den Übergabepunkt."

Das muss reichen.

Anja schläft tief und fest. Dumm. Vielleicht könnte sie mir sagen, wem die Stimme gehört.

Ich lege mich noch einmal neben sie, streichle sie. Presse mich an sie.

Ich werde bis morgen früh warten. Bis dahin hat sich Hertlich bestimmt gemeldet.

Ich bin eingeschlafen. Werde vom Klingeln des Telefons geweckt.

Wieder eine weibliche Stimme:

„Hier spricht Anja. Du willst den Chip haben."

„Ja, und deinen PC."

„Ich will das Geld haben."

„Das Geld gibt es nur, wenn wir sicher sind, dass du keine Kopien gezogen hast."

„Und wie willst du das feststellen?"

Hier neben mir liegt Anja, die echte Anja. Sie schläft tief und fest.

Sie lacht. Das Lachen kenne ich. Es ist Ricarda. Es ist sicherlich Ricarda, die da spricht.

„Ricarda", sage ich, „steckst du mit Hertlich unter einer Decke?"

„Ach, der Hertlich! Der hat damit nichts zu tun. Und Anja schon gar nicht. Die haben keine Ahnung, was auf dem Chip ist und wie brisant das Material ist."

„Anja sitzt hier neben mir, geknebelt und gefesselt. Sie kommt frei, wenn ich den Chip habe."

„Daniel, lass die Anja laufen", fährt sie fort. „Was willst du mit dem Dummerchen? Wie wäre es, wenn wir zwei uns zusammentun?"

Ich schaue zu Anja hinüber. Sie bewegt sich ab und zu. Lässt die Wirkung der Tropfen schon nach?

„Wir würden uns hervorragend ergänzen", fährt Ricarda fort, „und zusammen könnten wir reich werden. Sehr reich."

„Der Vorschlag klingt verlockend", antworte ich. Aber ich traue ihr nicht. Wieso sollte sie das Geld mit mir teilen?

„Wir sollten uns treffen, auf neutralem Boden, einfach so, ohne Chip und ohne Geld. Du hast das Geld doch?"

„Ja, ich habe es", lüge ich.

„Also, was hältst du davon, wir treffen uns, dann reden wir, wie wir unsere Zusammenarbeit gestalten. Und wie wir …"

„… uns unsichtbar machen", ergänze ich. „Du hast keine Ahnung, mit wem du dich angelegt hast."

„Doch, das weiß ich schon. Ich weiß, dass es eine ganz heiße Sache ist. Wenn das raus kommt, werden viele Leute ihren Job verlieren und viele ihren Geschäften nicht mehr nachgehen können."

„Und Hertlich?", frage ich zur Sicherheit noch einmal nach.

„Ich bin doch nicht blöd, den einzuweihen!"
„Selbst ist die Frau."
„Nein, Daniel, ich brauche dich. Denn ich brauche Schutz und den kannst du mir geben. Hertlich, pah! Was kann mir der schon bieten!"
„Ich werde es mir überlegen."
„Überlege nicht zu lange. Nur bis morgen! Morgen Nachmittag um sechs im Schwimmbad."
„Übermorgen."
„Nein, morgen! Und lass die Finger von Anja!"
„So moralisch."
„Männer! Ich bin besser als Anja, glaub mir."

Anja war total verwirrt. Das Zimmer war ihr fremd. Neben ihr ein fremder Mann im Bett. Wo war sie? Was tat sie hier? Wie kam sie hierher? Blaue Wände? War das nur das Morgenlicht?

Sie hatte Durst. Beim Aufsetzen wurde ihr schwindlig. So blieb sie am Bettrand sitzen und wartete, bis das Zimmer aufhörte, sich zu drehen. Der Mann im Bett murmelte unverständlich. Vorsichtig stand sie auf. Mit der Hand am Schrank entlang tapste sie zur Tür und in den Flur. Ach ja, das war das Haus von Frau Oberschall.

Im Bad trank sie direkt aus dem Wasserhahn. Sie hielt sich am Waschbecken fest und betrachtete sich im Spiegel.

Anja, ich bin Anja. Ich bin im Haus von Frau Oberschall. Ach ja, ich wollte nach dem Rechten sehen, die Blumen gießen und den Rasen mähen. Rasen mähen? Sollte das nicht Daniel machen? Eine

Ahnung – sie schlich zurück ins Schlafzimmer. Ja, der Mann im Bett war Daniel. Aber was machte der hier im Bett von Frau Oberschall? Was hatten sie gemacht? Anja konnte sich an nichts erinnern.

Sie klaubte ihre Kleidungsstücke auf und ging wieder ins Bad. Sie wusch sich gründlich, wusch den Geruch ab, den fremden Geruch – eindeutig, dass sie mit Daniel geschlafen hatte. Aber wieso konnte sie sich nicht daran erinnern?

Vor dem Fenster zeterte eine Amsel. Anja zog sich an, schlich die Treppe hinunter. Im Wohnzimmer stand ihre Tasche. Der Rasen war nicht gemäht. Sie trank nochmal zwei Gläser Wasser. Dann ging sie leise, ganz leise aus dem Haus. Da stand ihr Fahrrad, das Auto von Daniel war nicht zu sehen, nur ein protziger SUV stand am Straßenrand. Es nieselte.

Sie radelte nach Hause. Unterhaching schlief noch. Die Uhr am Bahnhof zeigte zehn nach fünf. Auch zu Hause alles still. Wieso hatte niemand sie vermisst? Gut, Peter war bis spät nachts unterwegs und beschäftigt, seine Putzkolonnen herumzufahren und zu kontrollieren. Hundemüde kam er heim und kroch ins Bett. Wahrscheinlich hatte er nicht bemerkt, dass sie nicht da war. Außerdem kam es öfter vor, dass Anja mitten in der Nacht aufstand und durchs Haus wanderte, oder durch den Garten. Geisterstundenratsch mit Wally, wie er es nannte, auch wenn Wally nie ein Wort sagte.

Hatte Ricarda sie nicht vermisst? Wahrscheinlich hatte sie Thomas ins Bett gebracht.

Anja schlich die Treppe hinauf, vermied die knarzende Stufe, zog den Schlafanzug an. Dann schaute sie zu Thomas ins Zimmer. Er schlief tief und fest. Auch Peter schlief. Anja kroch ins Bett und schmiegte sich an ihn. Im Schlaf legte er seinen Arm über ihren Bauch.

Sie erinnerte sich jetzt daran, dass sie sich mit Daniel im Haus von Frau Oberschall getroffen hatte. Daniel hatte ihr einen Kaffee gemacht, so stark, so bitter, dass sie sich ausnahmsweise zwei Zuckerstücke holte. Und dann war Schluss. Dann war nichts mehr bis zum Aufwachen im fremden Schlafzimmer.

Anja hüpfte wieder aus dem Bett. Hatte ihr Daniel KO-Tropfen im Kaffee serviert? Das war unfair! Sehr unfair! Das würde sie ihm so schnell nicht verzeihen. Anja ging ins Bad und duschte sich. Duschte sich gründlich. Dann ging sie in die Küche, Frühstück richten. Die Gartenrunde fiel aus: es regnete.

Daniel. Gegen Morgen wird Anja wach und geht ins Bad. Zeit für die zweite Dosis. Ich stelle mich schlafend. Wozu sie festhalten? Sie hat den Chip nicht, auch ihr Mann nicht. Es tut gut zu wissen, dass Anja – nun, Anja ist. Dass sie so ist, wie ich glaube, dass sie ist: ehrlich, ohne Hintergedanken, ohne Falschheit. Aber ich habe sie betrogen, und das ist nicht gut. Ich lasse sie gehen.

Ich habe alles falsch gemacht. Ricarda – klar, Ricarda macht so etwas, aber nicht Anja. Ich könnte mich ohrfeigen. Warum verlasse ich mich nicht auf das, was mein Herz sagt? Warum lasse ich solche Gedanken zu? Warum denke ich, dass Anja schlecht ist? Dass sie falsch ist? Dass sie geldgierig ist, dass sie … Wieder einmal nicht auf das Herz gehört, wieder einmal alles kaputt gemacht, wie schon mit Anuschka. Ich bin ein Idiot.

Ein neuer Plan muss her. Fünf Millionen will Ricarda. Illusion! Niemals wird sie das Geld bekommen. Wenn ich mit ihr gemeinsame Sache mache, bin ich so gut wie tot.

Thomas kam in die Küche getappt. Anja umarmte ihn. Nach zwei Tassen Kaffee war sie nun wieder richtig wach. Keine Schwindelanfälle mehr. Das Loch im Gedächtnis konnte nur die Ursache KO-Tropfen haben. Was Daniel mit ihr gemacht hatte, war auch klar. Die Enttäuschung und Empörung darüber nagten an ihr. Doch jetzt schob sie die Gedanken weg. Anderes war im Moment wichtiger.

Thomas löffelte sein Müsli. Anja strich Brote für die Brotzeit im Kindergarten, schnitt einen Apfel in Stücke. Schlichtete alles in eine Plastikdose.

Ricarda kam gähnend in die Küche. Ihre Haare hingen ihr ins Gesicht. Nach dem Aufstehen hatte Ricarda noch keine Locken. Sie hielt ihren Morgenrock mit der Hand zusammen. Der Bindegürtel schleifte hinterher. Nichts drunter, wie immer. Es wird allmählich Zeit, dass sie sich eine eigene Wohnung sucht. Aber damit konnte Anja sie nicht gleich am Morgen überfallen.

„Ich fahr heute Nachmittag wieder ins Schwimmbad", sagte sie.

„Ich mit! Ich mit!", jubelte Thomas.

„Schau raus, es regnet", sagte Anja.

„Bis Mittag hört der Regen auf. Und das Wasser ist warm."

„Die Luft hat aber abgekühlt."

„Thomas geht eh nicht aus dem Wasser."

„Doch! Aufs Piratenschiff! Aufs Schiff gehe ich auch. Heio, heio!"

„Ich fahr aber erst gegen fünf!"

Und schon war sie wieder draußen. Der Gürtel des Bademantels ringelte sich am Boden.

„Mama, komm auch mit ins Schwimmbad! Du musst zuschauen, wie ich schwimme."

Anja hatte irgendwie ein ungutes Gefühl. Natürlich war Thomas schon oft mit Ricarda im Schwimmbad gewesen, genau genommen an jedem schönen Tag. Warum also heute diese Bedenken?

„Komm, wir gehen ins Bad, Zähne putzen und anziehen."

Aber im Bad war Ricarda und duschte. So schnell wird das Bad nicht frei bei Ricarda: duschen, Beine rasieren, Haare waschen, föhnen, Make-up. Wieso ist die heute schon so früh aktiv? Zum Glück hat Thomas noch eine zweite Zahnbürste im Gästeklo im Erdgeschoß.

Ich muss mir irgend etwas einfallen lassen, damit Thomas heute Nachmittag keine Lust hat, mit Ricarda ins Schwimmbad zu gehen. Vielleicht ein oder zwei Dinos kaufen? Die wünscht er sich doch schon so lange.

Anja schaute schon wieder auf die Uhr. 19:16 Uhr. Beim letzten Blick auf die Uhr war es 19:14 gewesen.

Thomas war mit Ricarda im Schwimmbad. Am Nachmittag war tatsächlich die Sonne rausgekommen. So war Thomas nicht zu halten gewesen, als Ricarda ins Schwimmbad fahren wollte. Eigentlich sollten sie schon zurück sein. „Um sieben sind wir wieder da."

Thomas war bei ihr in guten Händen. Das Schwimmbad schloss um 20 Uhr. Es war ein schöner Abend. Vielleicht war sie mit ihm noch auf ein Eis hinüber zum Italiener gegangen. Es gab überhaupt keinen Grund beunruhigt zu sein. Trotzdem schaute sie schon wieder auf die Uhr. 19:18 Uhr.

Anja ging hinaus in den Garten, ging die Einfahrt hinunter zum Tor, spähte über den Zaun die Straße entlang, ob die zwei schon daher kamen. Sie kamen nicht. Zurück ins Haus. 19:27 Uhr. Fast eine halbe Stunde. Da kann man ja mal nachfragen …

Anja rief Ricarda am Handy an. Es klingelte ziemlich lange. Dann die Ansage: „Der Teilnehmer ist zur Zeit nicht erreichbar. Sie können eine Nachricht ..." Anja legte auf. Ricarda hatte ihr Handy nicht griffbereit! Das hatte es noch nie gegeben. Noch ein Grund mehr beunruhigt zu sein. Nein, Anja würde sich nicht selber verrückt machen. Sie würde jetzt etwas Vernünftiges tun, um sich abzulenken, z. B. das Klo putzen. Die Waschbecken ausreiben. Die Spritzer am Spiegel entfernen. Sie steckte ihr Handy zurück in die Handtasche.

In dem Moment fiepte es. Anja erschrak so sehr, dass sie Tasche samt Handy fallen ließ. Hektisch wühlte sie das Handy heraus. Ricarda! Endlich! Sie holte tief Luft.

„Hallo, Ricarda, wo seid ihr?"

Eine männliche Stimme.

„Hier spricht die Polizei. Sie haben gerade diese Nummer angerufen."

„Ich hab nicht die Polizei angerufen", gab Anja fast reflexartig zurück.

„Sie haben dieses Handy angerufen, das ich in der Hand halte. Wir würden gerne wissen, wem dieses Handy gehört."

Alles klar! Ricarda hatte ihr Handy verloren! Soll vorkommen, dass man sein Handy verliert. Dass es aus der Tasche fällt. Gerade im Schwimmbad. Vielleicht beim Umziehen in der Kabine. Der ehrliche Finder hatte es auf die Wache gebracht, war ja nicht weit.

„Das Handy", fuhr der Polizist fort, „hat hier auf der Liegewiese im Schwimmbad neben einer Badetasche geklingelt. Deswegen hat es etwas gedauert, bis wir abnehmen konnten. Wem gehört es?"

„Das Handy gehört unserem Kindermädchen. Sie ist mit unserem Sohn im Schwimmbad. Vielleicht sind sie am Kinderbecken?"

„Ihr Sohn, wie alt ist der?"

„Fünfeinhalb, bald sechs."

Stimmen im Hintergrund. Anja konnte nichts verstehen. Anscheinend hatte der Polizist das Mikro abgedeckt.

„Ihr Name bitte? Und – könnten Sie vielleicht zum Schwimmbad kommen? Sofort? Wir hätten da ein paar Fragen."

„Ist denn was passiert?"

„Ja, es ist etwas passiert. Also kommen Sie."

„Mit meinem Kind?"

„Nein, ganz ruhig bleiben. Kein Kind ist betroffen."

„Ricarda?"

„Möglicherweise. Das festzustellen, dazu brauchen wir Sie."

Daniel. Um halb acht verlässt Anja das Haus. Sie holt ihr Fahrrad aus dem Schupfen und radelt los. Sie hat es so eilig, dass sie nicht einmal das Gartentor schließt. Keine Sorge, Anja, Thomas ist nichts passiert. Nie würde ich mir das verzeihen. Ricarda hat das einberechnet – aber es hat ihr nichts geholfen.

Ich schaue ihr nach. Anja, mein Traum, meine Liebe, lebe wohl. Erschrick nicht zu sehr, wenn du siehst, was ich angerichtet habe. Und sei mir nicht zu böse wegen gestern. Es war ein Fehler, ich sehe es ein.

Ich nehme das Bild, eingewickelt in ein Leintuch aus dem Auto. Mein Abschiedsgeschenk für Anja, der sibirische Birkenwald, mein Heimweh – und Sehnsuchtsbild, für dich Anja, weil es nie so sein wird, weil es nur ein Traum war.

Es ist ganz einfach, ins Haus zu gelangen: die Terrassentür ist offen. Ich stelle das Bild neben die Couch im Wohnzimmer, dann gehe ich die Treppe hinauf. Ein paar Stufen knarzen. Oben sind drei Türen. Eine führt ins Zimmer von Thomas. Autos liegen auf dem Boden, Bücher. Auf dem Tisch am Fenster liegen Malstifte.

Daneben das Zimmer mit dem Ehebett. Ich werde ganz traurig. Und wütend. Am liebsten würde ich die Decken zerfetzen und – Schluss! Das dritte ist Ricardas Zimmer. Eine große Schachtel mit Farbdöschen und Fläschchen und Stiften und Pinsel.

Ricardas Farbtopf. Ich kippe ihn aus. Aber es ist nichts wichtiges dabei. Auf dem Tisch steht ihr Notebook. Ich klappe es zu und stecke es in meine Tasche. Drei USB-Sticks liegen daneben, die nehme ich auch mit. Ich ziehe alle Schubladen auf und durchwühle sie. In einem ist ganz hinten noch eine SD-Card. Ich schaue mich weiter nach Verstecken um. Zwei Handtaschen, in einer ein Handy, packe ich auch ein. Unterwäsche, Jeanstaschen, Jacken – fertig. Ich muss los.

Ich verlasse das Haus. Wie viele Wochen ist es her, dass ich Anja hier am Zaun habe stehen sehen, frühmorgens nach einer langen Nachtfahrt? Jetzt steht mir wieder eine lange Fahrt bevor. Morgen früh will ich in Polen sein.

Am Bahnhofsweg hätte Anja beinahe eine alte Frau mit Rollator angefahren. Als sie auswich, kam ihr ein Kind auf einem Laufrad in die Quere. „Sie müssen hier nicht wie eine Irre durchrasen", schimpfte die Mutter. Anja hatte keine Zeit zu antworten, da sie schon fast an der Unterführung war. Leider war gerade die S-Bahn aus München gekommen und eine Menschenmenge quoll die Treppe vom Bahnsteig herunter, verstopfte auch den Weg hinauf zur Bushaltestelle. Endlich Albrecht-Dürer-Straße! Die Ampel an der Biberger Straße schaltete und schaltete nicht auf Grün. Aber es war zu viel Verkehr um so einfach drüber zu kommen. Die Rückseite des Schwimmbades – total ruhig. Kein Mensch mehr im Wasser. Der Parkplatz vor der Halle. Die Radlständer am Schwimmbad – leer. Anja stellte ihr Rad ab, verzichtete in der Eile aufs Absperren. Am Eingang des Schwimmbades: Rettungswagen, Polizei, Feuerwehr.

„Sie können hier nicht durch", sagte ein Polizist. „Hier ist gerade ein Einsatz."

„Ich muss", stammelte Anja, atemlos. „Ich muss hier hinein."

„Es geht leider nicht. Dauert noch ein bisschen."

„Aber sie haben mich angerufen, ich soll gleich kommen."

„Wer auch immer Sie angerufen hat, muss jetzt leider ein bisschen warten. Es geht nicht anders."

„Aber das war jemand von der Polizei."

„Dann hat er bestimmt Verständnis dafür, wenn er auch bei der Polizei ist."

„Ach, kapieren Sie das nicht?"

Anja wurde ungeduldig. Da war sie hierher gehetzt und jetzt prallte sie gegen eine Wand.

„Kapieren Sie denn nicht, das war ihr Kollege von da drinnen. Die haben mich angerufen, die waren das! Die da drinnen, im Schwimmbad. Ich soll so schnell wie möglich kommen. Und da bin ich. Sie müssen mich ..."

„Moment, ich frage nach."

Er wandte sich ab und sprach in sein Funkgerät. Dann nickte er Anja zu. „Sie können rein."

Am Tor kam Anja ein Typ in Lederjacke entgegen. Er nahm Anja am Arm, bugsierte sie um einen großen Sack herum, dessen Reißverschluss nicht ganz zugezogen war, sodass man noch eine Fuß herausragen sah, und schob sie auf die Liegewiese. Alles leer, nur Ricardas grünweiß gestreifte Badetasche unter einem

Baum neben einer grünweiß karierten Decke und einem blauen Handtuch.

Anja stürzte darauf zu. Da lagen Ricardas Sachen, schön säuberlich ausgebreitet: BH, Stringtanga, T-Shirt, die Capri-Jeans, daneben die rote Shorts von Thomas, sein Bob-der-Baumeister T-Shirt, seine kleinen Sandalen, die Handtücher, die Schwimmflügel, eine Flasche Sonnenmilch.

„Kennen Sie die Sachen?"

Anja nickte.

„Und das hier?"

Auf einem Tuch hielt er ihr eine kleine Pistole entgegen.

„Nein. Und jetzt sagen Sie mir endlich, wo Thomas ist!"

„Thomas?"

„Mein kleiner Sohn, fünf Jahre alt. Was ist mit ihm?"

„Hier war kein kleiner Bub."

„Aber hier sind doch seine Sachen, seine Hose, sein Hemd, seine Schuhe. Was ist mit ihm passiert?"

„Liebe Frau, Ihr Sohn ist wahrscheinlich schon längst zu Hause."

„Er ist doch erst fünf."

„Fünfjährige sind clever genug, allein nach Hause zu finden, unterschätzen Sie Kinder nicht."

Der Mann hatte Tränensäcke unter den Augen und tiefe Falten an der Nasenwurzel.

„Ja, dann fahr ich am besten gleich wieder."

„Wir haben noch mehr Fragen an Sie."

„Für mich ist das Wichtigste mein Kind."

Anja wandte sich schon zum Gehen. Ihr Blick fiel auf das große Piratenschiff. Das Spielschiff, mit dem

Thomas auf große Fahrt ging. Heioheio! Flattert am Mast die schwarze Fahne oder so ähnlich.

„Thomas!", rief Anja, „Thomas!" und lief zum Piratenschiff.

„Sie können denn gleich nach Hause fahren zu Ihrem Sohn. Nur noch einen Blick ...".

Der Mann ging hinter ihr her.

„Thomas! Thomas! Wo bist du?"

„Er ist bestimmt schon zu Hause. Kommen Sie, es dauert ja nicht lange."

„Mama?"

Ein kleiner blonder Schopf tauchte unter der Rutsche des Piratenschiffes auf. Dann flog Anja auf Thomas zu und riss ihn in ihre Arme.

„Thomas, Thomas, wo warst du denn?" Tränen liefen ihr über das Gesicht.

Thomas saß auf Anjas Schoß auf der Bank am Kinderbecken. Anja hielt ihn ganz fest.

„Ich bin der Horst, ich bin von der Kriminalpolizei", fing der Mann an, „und ich hab auch zwei Buben, aber die sind schon etwas größer. Jetzt erzählst du mir, was du heute gemacht hast Und Deine Mama hört nur zu und sagt kein Wort, denn das ist jetzt ein Gespräch zwischen Männern. Wo warst du überhaupt die ganze Zeit, dass wir dich nicht gesehen haben?"

„Ich war unter dem Piratenschiff."

„Wie unter dem Piratenschiff?"

„Ja, da unten drunter. Soll ich es dir zeigen? Unter der untersten Platte, da ist eine kleine Höhle im Sand, da können nur kleine Kinder rein. Du bist da schon zu dick."

„Das ist aber ein Superversteck. Nicht einmal mein bester Polizist hat dich dort gefunden. Warum bist du da hinein?"

Thomas stolz über das Lob erzählte: „Ich war mit Ricarda hier zum Schwimmen. Ich kann nämlich schon schwimmen und will bald das Seepferdchen machen. Dafür muss ich trainieren. Dann kam Daniel. Der wollte nicht zu uns ins Wasser. Ricarda sollte zu ihm raus kommen. Ich auch. Daniel hat mich abgetrocknet und zum Spielen aufs Piratenschiff geschickt. Da war erst noch der Sebastian, der hat mich immer vom Steuerrad weg gedrängt. Aber dann hat ihn seine Mama geholt und er musste heimgehen. Dann war ich ganz allein auf dem Schiff."

„Und Ricarda und Daniel?"

„Die wollten ins Almcafe gehen. Ich wollte mit. Aber Ricarda hat gesagt, ich soll hier bleiben, sie kauft mir eine Portion Pommes und die bringt sie mir."

„Bist du nicht zum Almcafe gegangen?"

„Doch, weil sie so lange nicht gekommen ist. Aber da war zugesperrt. Da bin ich wieder zu unserem Platz und hab dort gewartet. Aber es war langweilig. Da bin ich wieder zum Schiff."

„Und dann?"

„Die sind immer noch nicht gekommen. Aber zwei große Buben. Da hab ich mich versteckt, damit sie mich nicht ärgern."

Der Kriminaler nickte zufrieden, strich Thomas über seinen Schopf und sagte: „Heute wirst du aber noch Haare waschen müssen, die sind ja voller Sand."

Er rief einen Polizisten, der bei Thomas bleiben sollte.

Er führte Anja vor zum Eingang. Vor den Umkleiden war abgesperrt. Zwei Männer in weißen Overalls krochen am Boden herum.

Er öffnete den Reißverschluss des Sackes nur so weit auf, dass Anja das Gesicht sehen konnten.

Ricarda. Einen schwarzen Stern auf der Stirn. Das Innere des Sterns war ein tiefes schwarzes Loch. Ein Butfaden lief zur Seite herab und färbte ihre blonden Locken rot.

Anja ging in die Knie und strich ihr über die Wange. Tränen tropften auf den grauen Sack.

„Man hat sie beim Saubermachen in einer der Umkleiden gefunden", erklärte der Beamte.

„Sie war gleich tot?", fragte Anja.

„Erst einen Schuss in die Brust aus unmittelbarer Nähe und dann noch einen Kopfschuss."

Anja lief es kalt über den Rücken.

„Wir haben die Tasche durchsucht und ein paar Dinge behalten, den Rest können sie mitnehmen. In einer halben Stunde kommen wir noch bei Ihnen vorbei und schauen uns in Ricardas Zimmer um."

Wie kommen wir jetzt heim?", fragte Thomas.

„Laufen. Ich schieb das Fahrrad."

„Das ist so weit. Kann ich nicht auf dem Gepäckträger sitzen?"

„Nein, Thomas, das geht nicht."

„Warum nehmen wir nicht Rickis Auto? Das steht gleich da vorne?"

„Und mein Fahrrad?"

„Das soll Papa holen."

In der Tasche waren die Schlüssel für Ricardas gelbes Auto. Aber Anja konnte nicht losfahren. Sie musste auf einmal weinen.

„Mama, was ist denn los?"
„Ich weine wegen Ricarda."
„Wenn du weinst, muss ich auch weinen."
Anja klappte das Handschuhfach auf, um nach Taschentüchern zu suchen. Sie tastete herum, Parkscheibe, Tankquittungen, Eiskratzer ...
„Da ist eine Tigerente, Mama!", rief Thomas. Tatsächlich, da war eine kleine Tigerente, eine ganz kleine Tigerente mit einem USB-Anschluss, wenn man den Schnabel abzog.
„Da ist er, der Chip", sagte Anja. „Miststück", setzte sie hinzu. „Sie hat ihn mir geklaut."

„Und Sie haben wirklich nicht bemerkt, dass hier eingebrochen wurde?", fragte der Kommissar.
Anja schüttelte den Kopf. „Sie sehen doch, hier ist von einem Einbruch nichts zu sehen. Nichts ist durchwühlt, nichts in Unordnung, nichts fehlt."
In Gedanken setzte sie hinzu: Es ist sogar ein Teil mehr, nämlich das Bild. Sie hatte es schnell hinter die Couch geschoben, ohne es auszupacken, als die Polizei auf dem Weg nach oben war, um Ricardas Zimmer zu durchsuchen.
„Sie sollten sich eine neue Terrassentür anschaffen", empfahl er, „eine mit Pilzkopfverriegelung. Die lässt sich nicht aufhebeln."
„Sie will das nicht", sagte Peter. „Außerdem nutzt das gar nichts, wenn sie die Tür offen lässt."
„Das ist mir halt mal passiert. Absichtlich mach ich das nicht."

Peter nahm sich eine Scheibe Brot und bestrich sie mit Butter. Der Kommissar schnitt sich ein Stück Käse ab. Anja hatte für die Polizisten eine Brotzeit hergerichtet, Leberwurst, Käse, Brot, ein paar Radieschen, Essiggurken, während sie oben Ricardas Besitztümer durchwühlten. Peter war auf ihren Anruf hin gleich heimgekommen, gleich, das hieß eine halbe Stunde Fahrzeit. Nur der leitende Beamte blieb zum Essen. Während Peter und Anja Rotwein tranken, begnügte er sich mit Wasser. Auch ein Bier hatte er abgelehnt.

„Ihr Einbrecher hatte es erst einmal auf das Notebook abgesehen. Tja, das hätte uns auch sehr interessiert. Wissen Sie, ob Frau Müller, Ihre Ricarda, auch andere Speichermedien benutzte, USB-Sticks, Karten oder ähnliches?"

„Ja, vorige Woche hat sie mich gebeten, ihr zwei USB-Sticks zu kaufen, weil sie ihre SD-Karte nicht mehr findet."

„Interessant. Wir haben nichts dergleichen gefunden." Anja griff von außen an ihre Hosentasche. Da drinnen steckte die Tigerente.

„Vielleicht hat Ricarda sie versteckt?", fragte Anja.

„Vielleicht lagen sie auch auf dem Tisch. Jedenfalls war der Einbrecher schneller als wir."

„Sie haben alles gründlich durchsucht?"

„Da kannst du dich drauf verlassen, dass die Spurensicherung das kann", meinte Peter.

„Und wer ist dieser Daniel, den Ihr Sohn erwähnt hat?"

Anja schaute zu Peter. Der kaute seelenruhig den Mund leer, dann erklärte er: „Wir kennen ihn nicht näher. Er hat bei einer guten Freundin, bei Regine

Oberschall gewohnt, vorübergehend, hat ihr im Garten geholfen. Da hat ihn Thomas kennengelernt."

„Am Bürgerfest ist Thomas mit ihm Autoscooter gefahren. Davon schwärmt Thomas heute noch."

„Wo kommt er her?"

„Ich glaube er kommt aus Russland, aus Petersburg. Aber da müssen Sie Frau Oberschall fragen. Die weiß bestimmt mehr über ihn."

Der Kommissar schnitt sich noch ein Stück Käse ab und holte sich eine Essiggurke aus dem Glas.

„Drei Todesfälle in sechs Wochen und alle in Ihrem Umfeld, das ist schon eigenartig."

„Wieso?", fuhr Peter auf, „der Nachbar wurde vom Zaun aus erschossen, also auf große Entfernung, Ricarda im Schwimmbad aus unmittelbarer Nähe und der Tote unter unserer Fichte kann damit schon gar nichts zu tun haben."

„Den meine ich nicht, der ist schon lange tot, hat wahrscheinlich nichts damit zu tun. Aber man weiß nie. Nein, ich meine diese halbverfaulte Leiche vom Grünwalder Weg. Immerhin war der einmal mit Ihrer Frau Oberschall befreundet."

Anja schluckte. Gerade war ihr gar nicht gut. Die Gesichter verschwammen ihr, das Zimmer drehte sich. Sie atmete tief ein.

„Ricarda hat längere Zeit in Odessa gelebt", setzte Peter hinzu.

„In Sotschi", verbesserte ihn Anja.

„Nein, in Odessa."

„Ja, und auch Ihr Nachbar hatte geschäftliche Verbindungen nach Kasachstan. Er reiste öfters für die ESA nach Baikonur."

„Und da sehen Sie Zusammenhänge?"

„Möglicherweise, möglicherweise."

Anja nahm einen großen Schluck Rotwein.

Peter goss ihr gleich nach.

„Nur der Herr Heinzeldorfer, der passt da nicht hinein."

„Der wer?"

„Na, der vom Grünwalder Weg, der Freund oder Ex-Freund Ihrer Frau Oberschall. Ich werde jetzt noch bei ihr vorbeischauen."

„Frau Oberschall ist in Reha am Chiemsee. Sie hatte einen Herzinfarkt."

„Ich schau trotzdem vorbei. Vielleicht treffe ich ja den Herrn Daniel an."

Ich muss morgen unbedingt zu Regines Haus fahren, fiel es Anja ein, Bett abziehen, Kaffeetassen auswaschen, Blumen gießen. Hoffentlich hat Daniel den Rasen gemäht. Und ich muss mir überlegen, was ich mit der Tigerente mache.

Der Kommissar stand auf und reichte Anja die Hand, bedankte sich fürs Essen. Peter brachte ihn hinaus.

Anja hörte noch, wie er Peter fragte: „Denken Sie, das hat etwas mit den Ibiza-Videos zu tun? Es soll ja noch mehr davon geben. Vielleicht sogar von deutschen Rechten."

Anja nahm die Tigerente aus der Hosentasche, zog den Schnabel ab, steckte ihn wieder drauf. Schob sie wieder in die Tasche.

Peter kam herein.

„So, das ist ja eine Geschichte!", sagte er. „Ich denke, die haben den Chip gesucht, den der Nachbar von dir wollte. Den hat sich die Ricarda geholt. Kein Wunder, dass du ihn nicht gefunden hast."

„Muss ich jetzt Angst haben?", fragte Anja. Die Tigerente brannte in ihrer Tasche.

„Warum? Jetzt ist der Chip aus dem Haus. Da waren wohl die Daten drauf, auf die es der Killer abgesehen hatte. Jetzt hat er sie. Brauchst keine Angst mehr zu haben. Es ist zu Ende."

Wallys Tagebuch

Die letzten Seiten des Tagebuchs waren noch schwieriger zu lesen als die anderen. Die Schrift war fahrig, dazu kamen zahllose Wasserflecken. Alles konnte Anja nicht entziffern.

Gegen Mittag tauchte Regine mit Kurt auf. Mein Vater war erleichtert. Das Ausheben der Grube für den Baum war viel anstrengender und zeitraubender als er gedacht hatte. Der erste Teil ging leicht. Er stach die Grassoden ab und ich stapelte sie sauber am Rand. Dann schaufelte er den Humus auf einen Haufen. Aber die Humusschicht war dünn. Darunter begann gleich der Kies, mit Steinen durchsetzt. Der Boden musste mit der Hacke gelockert werden. Dann klaubten Mama und ich die großen Steine in Eimer und trugen sie zu einem Haufen. Papa schaufelte den Kies an den Rand.

Als Kurt auftauchte, drückte er ihm die Hacke in die Hand und sagte, er solle weitermachen. Er fährt jetzt in den Baumarkt und holt noch ein paar Säcke Erde. Denn in den Kies kann man den Baum nicht setzen.

Kurt zog sein Hemd aus und krempelte die Hosenbeine auf. Am Nachmittag war ich so fertig vom Steine klauben, dass ich fast in die Grube gefallen wäre. Aber die war Papa immer noch nicht tief genug. So groß war doch der Baum gar nicht! „Wir müssen darunter mindestens 30 cm Humus haben, damit die Wurzeln Fuß fassen können", erklärte Papa.

Wir machten Pause. Mama verwöhnte uns mit Kaffee und Lebkuchen. Ihre Lebkuchenvorräte reichen immer bis zum Sommer.

Papa wurde ungeduldig. „Wir werden heute nicht mehr fertig", schimpfte er.

„Macht doch nichts", sagte Kurt, „ich bleib über Nacht und morgen machen wir weiter."

„Wir wollten doch in Urlaub fahren", jammerte Mama.

„Fahrt, fahrt nur. Wir machen das schon."

„Ihr wisst doch gar nicht, wie man Bäume pflanzt."

„Doch, ich weiß das. Ich hab letztes Jahr in den Semesterferien in einer Gärtnerei gejobbt. Wir haben jede Woche mindestens vier Bäume gepflanzt."

Das war typisch Kurt. Er log das Blaue vom Himmel herunter. Aber Papa glaubte ihm. Papa fand ihn überhaupt ganz toll. Er raunte mir zu: „Spann ihn deiner Freundin aus. Das ist der Schwiegersohn, den ich mir vorstelle."

Am Abend dann stellte er für Kurt zwei Flaschen Bier hin, für Regine und mich eine halbe Flasche Edelkirsch.

„Mama und ich gehen gleich ins Bett. Wir wollen morgen früh um fünf schon los." Dabei zwinkerte er mir zu.

„Macht euch einen schönen Abend!"

Schöner Abend! Wir setzten uns nebeneinander auf die Couch und machten den Fernseher an. Ich war viel zu müde für was anderes. Kurt soff die zwei Flaschen im Nu leer. Ich holte noch drei aus dem Keller. Den Edelkirsch rührte ich nicht an. Mir wurde schon schlecht, wenn ich ihn nur anschaute. Regine ging im Zimmer auf und ab.

Als Kurt genügend getankt hatte, rückte er näher und begann an meiner Bluse zu fummeln.

„Lass es", sagte ich, „ich mag nicht."

„Doch, du magst schon. Du sagst immer erst nein, aber dann magst du doch."

„Ich bin müde."

Regine setzte sich auf seine andere Seite.

„Ich mag", sagte sie.

„Dich mag ich nicht."

Regine legte den Arm um ihn. Er stieß sie weg. Regine stieß ihn auf mich drauf. Ich schubste ihn zurück. Kurt hielt sich an mir fest und zusammen rollten wir von der Couch. Seine Hand grabschte unter meinen Rock. Ich schob ihn weg. Kurt lachte. Kurt griff ...

(Wieder alles unleserlich)

Regine riss ihn von mir herunter. Kurt schlug mit dem Kopf auf den Boden auf. „Mir doch egal", lallte er, „welche von euch beiden." Er umschlang Regine fest mit den Armen. Regine strampelte. Sie rollten herum, rollten über den Boden, mal Regine oben, mal Kurt.

(Hier ist eine halbe Seite gar nichts zu entziffern.)

... hielt seine Beine fest, Regine saß auf seiner Brust. Kurt röchelte.

(wieder total verwischt)

„Warum rührt er sich nicht mehr?", fragte ich.

„Weil er tot ist." Regine atmete schwer.

„Spinnst du, Regine? Wieso ist er tot?"

„Weil kein Blut mehr ins Gehirn gekommen ist."

Ich verstand nicht, was sie sagte. Ich legte mich neben Kurt, tätschelte seine Wangen. Puffte ihn in die Seite. Aber er lag nur da und starrte zur Decke.

„Regine, was machen wir jetzt?"

Regine zuckte nur die Achseln. „Tot ist tot", sagte sie.

„Aber Regine, du musst etwas machen!"

„Ja", sagte Regine, „immer sagst du, mach was, Regine. Letzte Woche hast du gejammert, bring ihn um, den Schuft. Jetzt ist er tot, jetzt soll ich ihn wieder lebendig machen oder was?"

(Total verschmiertes Zeug.)

Kurz vor fünf hörten wir Mama und Papa die Treppe herunter kommen. Sie dachten wohl, wir schlafen, denn sie schauten nicht ins Wohnzimmer, sondern gingen gleich raus. Das Auto stand schon an der Straße, die Koffer waren eingeladen. Hinter dem Wohnzimmervorhang hervor schaute ich ihnen nach, wie sie weg fuhren.

„Die Luft ist rein, dann packen wir es", kommandierte Regine. Wir zogen Kurt hinaus auf die Terrasse und bugsierten ihn in die Grube.

„Brauchst gar nicht so vorsichtig tun, der spürt nichts mehr."

Dann kippten wir zwei Säcke Erde auf ihn. Der Baum passte exakt in die Grube über Kurt. Wir kippten noch ein paar Eimer Steine rundum, dann wieder Erde. Mit dem Schlauch schwemmten wir die Erde ein. Sie sackte völlig zusammen. Niemals hätte die gekaufte Erde gereicht! Also kippte wir wieder Kies und Sand dazwischen. Es war eine Schinderei. Zum Glück war es nicht mehr so heiß. Am Schluss packten wir noch die beiseite gelegten Rasensoden drauf. Die restlichen Steine ließen wir einfach liegen, gingen ins Haus und ins Bett.

Die drei Männer legten die Rolle am Rand der Grube ab. Dann rollten sie langsam die Folie aus: hinunter in die Grube und wieder hinauf.

„Passt", rief Peter. „Perfekt!" Sie hoben die Ecken noch einmal an und legten sie etwas zur Seite.

Thomas stand schon mit dem Gartenschlauch bereit. Anja drehte das Wasser auf.

„Was macht ihr an den Rand?", fragte Hermann.

„Den befestigen wir mit Steinen. Haben wir ja genug."

„Und Pflanzen müssen auch hinein."

„Das ist Anjas Sache. Ich glaube, sie hat da schon ein paar in der Garage stehen."

„Und Kois!", sagte Eberhard.

„Nein, auf keinen Fall, bloß keine Kois!", rief Hermann.

„Ich will auch keine", sagte Anja. „Es soll ein Naturteich sein für Kröten und Molche."

Peter öffnete drei Bierflaschen für die Helfer. Sie stießen an und Anja trug ein großes Brotzeitbrettl heraus. Sie nahmen am großen neuen Gartentisch Platz.

„Fangt schon an", sagte Anja, „ich komme gleich."

An dem einen Ende des Teiches hob sie die Folie in die Höhe und schob unauffällig etwas darunter: eine Plastiktüte mit einer kleinen Tigerente und einem Heft. Sie wühlte mit den Händen im Sand, um sie noch weiter hinunter zu schieben. Dann strich die die Folie wieder glatt.

„Was versteckst du da, Mama?", wollte Thomas wissen.

Anja überlegte, was sie sagen sollte.

„Ein Teichgeheimnis?", fragte Thomas weiter, „ein ganz geheimes Geheimnis?"

„So geheim, dass man nie nie darüber reden darf", sagte Anja.

Thomas nickte.

„Schwörst du?"

„Ich schwöre. Ich schwöre."

„Großes Apachenehrenwort? Nur du und ich wissen davon. Magst du auch etwas essen?"

„Erst muss der Teich voll sein."

Anja setzte sich zu den Männern an den Tisch und nahm sich eine Semmel.

„Da kommen Regine und Elfriede", murmelte Peter mit vollem Mund.

„Gut dass die jetzt erst kommen. So sind uns ihre guten Ratschläge erspart geblieben", fügte Eberhard hinzu.

Regine war blass und deutlich dünner geworden. Richtig gesund schaute sie noch nicht aus. Elfriede trug eine große Plastikhaube, unter der sich bestimmt eine Torte verbarg, eine Prinzregententorte, ihr übliches Geburtstagsgeschenk.

„Alles Gute zum Geburtstag", rief Regine schon von weitem. „Ich sehe, Thomas setzt gerade dein Geschenk unter Wasser."

Thomas schwenkte begeistert den Gartenschlauch und der Wasserstrahl traf Hermann und Peter.

„Pass doch auf, du Bengel!" Vor Schreck zuckte Thomas zusammen, lenkte den Strahl weg und das Wasser prasselte auf Regine ein.

„Du schaust so glücklich aus, Anja", stellte Elfriede fest. „Freust du dich so über den Teich?"

Regine schüttelte das Wasser ab und fuhr sich durch die Haare.

„Sie hat ja einiges mitgemacht, die letzte Zeit, unsere Anja. Gut, dass es endlich einmal etwas Erfreuliches für sie gibt."

Anja nickte. „Ja, ich freu mich sehr darüber."

Ihr ahnt gar nicht, wie erleichtert ich bin. Denn unter dem Teich, im Sand, da ruhen zwei Dinge, die mir schwer auf dem Herzen lagen: Wallys Tagebuch und die Tigerente. Und sobald das Wasser bis zum

Rand steht und die Steine aufgelegt sind, kommt niemand mehr dran. Und noch ein Geheimnis habe ich, ein ganz kleines, ein ganz Süßes. Vielleicht verrate ich es noch.

Regine ging ins Haus, um ein Handtuch zu holen. Anja ging hinterher. „Ich mach auch gleich Kaffee. Ich nehme an, du und Elfriede ihr mögt kein Bier zum Kuchen."

Im Haus standen alle Türen offen. Im Vorbeigehen, warf Regine einen Blick ins Büro.

„Oh, ihr habt den Sanchez abgehängt", stellte sie fest. „Das neue Bild macht den Raum ja gleich so viel freundlicher."

Sie betrachtete es eine Weile.

„Wo habt ihr denn das her? Das ist ja wunderschön, dieses Grün der Birken, die weißen Stämme. Der Wald wirkt geradezu durchsichtig. Man denkt, man könnte hineingehen. Großartig. Sag, wo hast du das her? "

„Hab ich am Flohmarkt gefunden.

Ende

Nachwort:

Ich weiß nicht, ob man dieses Buch als Krimi bezeichnen kann. Bestenfalls ist es ein Cosy-Krimi. Zwar gibt es Leichen, Diebstahl, Erpressung, KO-Tropfen, einen Auftragsmörder - wunderbare Zutaten für einen Krimi. Die Polizei taucht auch auf, ein Kommissar ermittelt. Jedoch erfährt man darüber nur wenig.

Dann ist da noch Anjas Liebelei. Das hat doch in einem Krimi nichts zu suchen. Eheprobleme oder familiäre Probleme des ermittelnden Kommissars, das ja. Aber einfach so eine Tändelei?

Das Schlimmste aber ist: die Gerechtigkeit siegt nicht. Regine wird nicht verhaftet, Anja lässt Beweisstücke verschwinden, Daniel entkommt. Das geht doch nicht!

Liebe Leserin, lieber Leser, ich kann dir leider keine andere Lösung bieten. Das Buch und seine Heldinnen wollten es nicht anders. Ich bin ja nur so etwas wie eine Chronistin der Verbrechen. Dass Unterhaching so ein gefährliches Pflaster ist, habe ich nicht geahnt.

weitere Bücher von Gertraud Schubert:

Querpass ins Aus

Wenn die Spielvereinigung Unterhaching um den Aufstiegsplatz in der Fußball-Liga kämpft, ist Unterhaching wie ausgestorben. Wer keine Karte mehr fürs Stadion erhalten hat, sitzt vor dem Fernseher. Eine gute Gelegenheit für einen Mord: ein Mitglied der Familie Struck nach dem anderen fällt dem Mörder zum Opfer.

Anja, Privatdetektivin wider Willen, der Penner Hermann und ein Rollstuhlfahrer namens Simon sind dem Mörder auf der Spur. Oder ist es doch einen Mörderin? Nachdem Anja einen Unfall hatte, will sie nichts mehr von der Sache wissen. Außerdem ist das nächste Spiel ein Auswärtsspiel. Oder gibt es doch wieder einen Toten?

Der Fußball ist dabei - wie könnte es bei einem Krimi, der in Unterhaching spielt, anders sein! Die Hauptperson Anja kämpft aber auch mit ihren persönlichen Beziehungen. Wichtig sind ihr auch die Blumen und Kräutern auf ihrem Balkon. Manchmal sitzt sie einfach in einem Eis-Cafe in Schwabing und genießt die Sonne.

(1. Krimi aus Unterhaching)

nur noch als E-Book

Tief reicht der Kies

Wo ist die 17-jährige Sunny? Kümmert sich überhaupt jemand darum oder sind die Angriffe auf die Hunde im Park wichtiger? Als in der Kiesgrube ein Toter gefunden wird, vermutet die Polizei , dass auch Sunny im Kies verscharrt ist. Aber wo? Tonnen von Kies werden um gegraben.

Hermann hat bei seinen nächtlichen Streifzügen etwas entdeckt, das er nicht verrät - nicht einmal als der Hubschrauber einen Schwerverletzten ins Krankenhaus bringt.

Ein neuer Fall in Unterhaching für Anja, Simon und Hermann, die Ihre persönlichen Probleme bei Schaumparty, Sonnwendfeuer und Fotoausstellung vergessen wollen.

(2. Krimi aus Unterhaching)

Am Fuß der Treppe

Nach einer kalten Herbstnacht wird am Fuß der Treppe im Landschaftspark „Hachinger Haid" die Leiche einer Frau gefunden. Unfall oder Selbstmord? In den letzten Wochen sind bereits acht Frauen gestorben. Alle standen dem Verein Obliveon nahe. Anja glaubt nicht an Zufall und beginnt, der Sache auf den Grund zu gehen. Auch Simon sammelt Hinweise. Wer stößt ihn aus der U-Bahn? Hermann, nachts bei Schneetreiben im Park unterwegs, hat dort eine Begegnung.

Es geht es auch um geheimnisvolle Einbrüche ins Heimatmuseum und ein ganz besonderes Ausstellungsstück, um Träume, um Alzheimer, um Hochwasser und um Himbeergeist.

(3. Krimi aus Unterhaching)

B4U

Wer baut die erste Schönheitsklinik in Unterhaching? Beauty for you (B4U) oder Beauty to go (Btg)? Die Auseinandersetzungen zwischen Gegnern und Befürwortern werden härter. Unversehens stehen Peter und Anja auf verschiedenen Seiten der Front. Wenn sich reiche Männer bekämpfen, geht es nicht nur um Einfluss und Geld, sondern auch um persönliche Rache.

Ansonsten ist alles normal aufregend in Unterhaching: Ölunfall am Bach, Mordattacke auf eine Gemeinderätin, Anlagebetrüger und Stau auf allen Straßen.

(4. Krimi aus Unterhaching)

Dies Irae

Ein Krimi aus Oberbayern, der sich zwischen Freilassing und dem Flughafen München bewegt, wenn nicht gerade Stau auf der Autobahn ist. Es geht um Geld, das die Ursel unter der Wäsche versteckt hat, das Katja findet und das jemand anderem gehört, und ums Wetter, das irgendwie mit dem Geld zusammenhängt. Es geht um die Liebe, die vernünftige und die unvernünftige, sowie deren Folgen, und um einen Kommissar, der Liebe sucht und einer heißen Spur folgt. (Krimi aus Oberbayern)

Gedruckte Bücher sind bestellbar für 12,95 € inkl. Versand bei Gertraud.Schubert@gmx.de

Der Hachinger Bach

Der Hachinger Bach ist ein sehr ungewöhnliches Gewässer.
Eine Broschüre mit vielen Fotos beschreibt wie der Bach entstand, wo er entspringt, warum und wo der Bach versickert und wieder auftaucht, und gibt kurze Infos über Mühlen, Kirchen, Frühgeschichte, aber auch Flora und Fauna am und im Bach (72 Seiten).

Preis: 20 € incl. Versand oder 18 € im örtlichen Buchhandel

Im Heimatmuseum gibt es übrigens eine begehbare Landkarte des Baches. Auf 9 m Länge können sie von Aufhofen bis zum Ismaninger Speichersee spazieren und sehen, wo die frühen Siedler hausten.